書下ろし

正義一剣

斬り捨て御免②

工藤堅太郎

祥伝社文庫

目次

【登場人物紹介】

結城龍三郎《ゆうきりゅうざぶろう》（隠密廻《おんみつまわ》り同心《どうしん》・神道無念流《しんどうむねんりゅう》免許皆伝《めんきょかいでん》）
お藤《ふじ》（元辰巳《たつみ》芸者・龍三郎の女房）
韋駄天《いだてん》の伊之助《いのすけ》（元掏摸《すり》・廻り髪結い・情報屋）
地獄耳《じごく》の弥吉《やきち》（岡《おか》っ引《ぴ》き）
お袖《そで》（弥吉の女房）
源太《げんた》（棒手振《ぼてふ》りの小僧）
樽平《たるへい》（居酒屋亭主）
鶴吉《つるきち》（辰巳芸者）
榊原主計頭忠之《さかきばらかずえのかみただゆき》（北町奉行《きたまちぶぎょう》）
作蔵《さくぞう》（奉行所・中間《ちゅうげん》）
轟大介《とどろきだいすけ》（定町廻《じょうまちまわ》り同心）
万吉《まんきち》（轟の手下・岡っ引き）

土屋《つちや》甚五郎《じんごろう》（北町奉行所・吟味方与力《ぎんみかたよりき》）

千葉《ちば》周作《しゅうさく》（北辰一刀流《ほくしんいっとうりゅう》玄武館《げんぶかん》・道場主）

小笠原《おがさわら》彦次郎《ひこじろう》（直参旗本《じきさんはたもと》次男坊）

村田《むらた》要蔵《ようぞう》（直参旗本次男坊）

堀田《ほった》隼人正《はやとのしょう》 尚勝《なおかつ》（直参旗本五千石）

片岡《かたおか》兵庫之介《ひょうごのすけ》（堀田家側用人《そばようにん》）

櫛田《くしだ》文五郎《ぶんごろう》（龍三郎の剣友・火盗改方《かとうあらためかた》同心）

人形町《にんぎょうちょう》の左平次《さへいじ》（岡っ引き）

薄《うすき》玄次郎《げんじろう》（二代目鴉《からす》組首領）

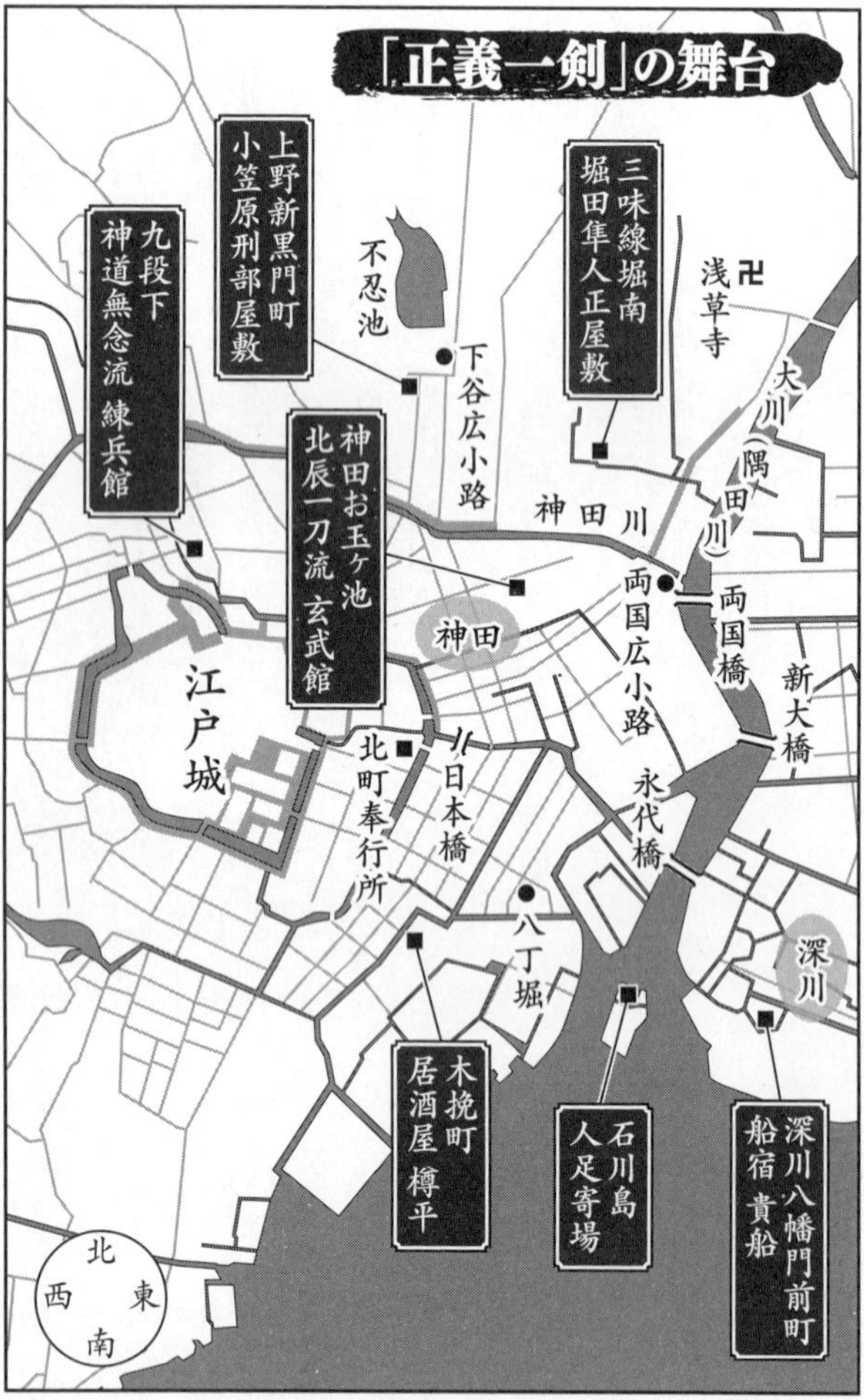
「正義一剣」の舞台
上野新黒門町 小笠原刑部屋敷
九段下 神道無念流 練兵館
不忍池
下谷広小路
三味線堀南 堀田隼人正屋敷
浅草寺
大川(隅田川)
神田川
神田お玉ヶ池 北辰一刀流 玄武館
神田
両国広小路
両国橋
新大橋
江戸城
北町奉行所
日本橋
永代橋
八丁堀
深川
木挽町 居酒屋 樽平
石川島 人足寄場
深川八幡門前町 船宿 貴船
北
西
東
南

序章

睦月《むつき》（一月）二十三日、丙午《ひのえうま》、今夜は仏滅《ぶつめつ》、三隣亡《さんりんぼう》の宵だ。

今、両国広小路《りょうごくひろこうじ》の裏通りを、三十五、六になろうか、中年の町人が、肩をすぼめて急ぎ足で歩いていた。

小間物問屋〈筑後屋《ちくごや》〉番頭、善兵衛《ぜんべえ》――女房おし乃《の》の急な胃の腑《ふ》の差し込みに、いつもの癪《しゃく》の薬を掛かり付けの医者に調合してもらった帰路だった。米沢《よねざわ》町《ちょう》一丁目を左に折れた裏小路を、懐《ふところ》に納めた薬袋を両手で大事そうに押さえ、足を速めて歩く。一刻も早く、恋女房の痛みを治めてやりたいと気が急《せ》いた。

先程、日本橋石町《にほんばしこくちょう》の鐘が五つ（午後八時）を打った。

大通りから一本裏道へ入ると、途端《とたん》に人通りはまばらになって、寂しくなる。ぽつんぽつんと灯《とも》る軒行灯《のきあんどん》の灯《あかり》も侘《わび》しげに見えた。

善兵衛は、通称ナメクジ長屋に住まい、歳取った母親お茂《しげ》と一人娘おたみと女房おし乃との四人暮らしであった。筑後屋の旦那《だんな》さんは優しいお人柄で、贅沢《ぜいたく》は出来なかったが、月並みの生計《たつき》は何不自由なく、平穏な暮らしを送っていた。ただ、おし乃が病弱気味で、食も細く、時々起こす胃の腑の癪が心配の種であった。

この日も、お店《たな》の仕事が終わって、何のしくじりもなく無事今日一日を過ごせたと、御先祖様に感謝しながら、家に帰り、腰高障子《こしだかしょうじ》を開けると、六畳の座敷一間の奥で、腹を押さえてのたうち回るおし乃を見付けた。傍《そば》で母親のお茂がおろおろと付き添い、五つになる娘おたみが、お母ちゃんお母ちゃん、と泣き縋《すが》っていた。

暫《しば》く様子を見ていたが、持ち直す気配を見せないので、掛かり付けの順庵《じゅんあん》先生の処に走り、いつものお薬を頂き、帰りを急いでいたのだ。

凍り付くような寒風が吹き、木綿《もめん》の袷《あわせ》の裾《すそ》を翻《ひるがえ》させる。と、前方から、羽織袴《はかま》の武士が二人、此方《こちら》に向かってゆっくりと歩いて来る。善兵衛はふと、嫌な予感を覚えて、脇に避《よ》けようとしながら、後ろを振り返った。

矢張りだ――。

背後からも二人の武士がひたひたと草履《ぞうり》の音をさせて近付いて来る。その足取りは躊躇《ためら》いの色も見えず、真《ま》っ直《す》ぐに善兵衛目指して進んで来る。

背後の一人は、眼だけが覗《のぞ》いた頭巾《ずきん》をすっぽりと被《かぶ》り、この薄明るい月の光の中でもギラッと冷たい眼眸《まなざし》で睨《ね》め付けている。

善兵衛の背筋をゾッと冷たい悪寒《おかん》が走った。

前方の二人の武士が柄《つか》を握り鯉口《こいぐち》を切った。

（辻斬《つじぎ》りだッ）

善兵衛の胸に恐怖心が沸《わ》き起こった。

心の臓が早鐘を打つように高鳴っている。

（逃げねば……この薬を早くお茂に呑まさなければ……）

ガクガクと膝《ひざ》が震えたが、走った。つんのめりそうになりながら走る善兵衛を、四人の武士が前後から追い詰め、抜き身の刀を突き付けて、逃げ道を塞《ふさ》いで囲んだ。

誰も無言だ。

刀身だけが月明かりに煌《きら》めいて、禍々《まがまが》しい光を放っている。

「お侍《さむらい》さまァ～」

膝の力が抜けて立っていられない。そのまま両膝付いて頽《くずお》れた。

震える声を振り絞って、夢中で命乞いをした。

「お侍さまァ。わ、わたしには、年老いた母親と、病弱の女房と、五つになる娘がおります。い、今も女房のお薬を頂いた帰りでございます。何卒、なにとぞ、お助けくださいまし。命だけはァ……」

両手を合掌し、涙の溢《あふ》れる眼差《まなざ》しで縋るように見た。

武士たちは依然として無言。眼と眼が見交《か》わされ、頷《うなず》き合った。

善兵衛は目の前に立つ侍の袴に縋り付いた。

「お侍さま〜、お願いでございますゥ」

袴の裾を摑まれた武士の、呵責《かしゃく》なき足蹴りが善兵衛の肩を襲った。

わぁッとのけ反《ぞ》り、尚も縋り付こうとする善兵衛の右肩を、非情の袈裟懸けが斬り裂いた。

哀れ、残した家族への思いが籠った善兵衛の悲鳴が夜陰に響いた。それに応えるかのように、犬のけたたましく吼《ほ》える声が聞こえた。

頭巾の侍は、血飛沫《ちしぶき》を撒《ま》き散らせて背後の塀にぶち当たった善兵衛を見下ろし、ゆっくりと懐紙《かいし》で血に塗《まみ》れた刀身を拭《ぬぐ》う。

息絶えた善兵衛に冷ややかな一瞥《いちべつ》をくれて、行くぞ、とひと言、低い太い声を発し、何事もなかったかの如《ごと》く踵《きびす》を返した。四人の武士の黒い影が地を引き摺って去って行った。

二十三夜の下弦《かげん》の月が、横たわる善兵衛の死骸を、冷え冷えと照らしていた。

ひゅう〜ッと寒風が落ち葉を舞わせて、路地を吹き抜けて行った。

第一章　辻斬《つじぎ》り

一

如月《きさらぎ》（二月）春まだ浅き早朝から、結城龍三郎《ゆうきりゅうざぶろう》は双肌《もろはだ》脱いで、木刀での素振《すぶ》り、立ち木打ち込み千回、真剣の居合い、抜き打ちと自《みずか》らに課した峻烈《しゅんれつ》な鍛錬を続けていた。

ただ、異様なのは、左腕の肘《ひじ》から先が無いこと――。

昨年夏の阿片《あへん》抜け荷事件の折、鴉権兵衛《からすのごんべえ》という盗人《ぬすっと》団の首領の弟、薄玄次郎《うすきげんじろう》なる素浪人に、左腕の肘から先を斬り飛ばされたのだ。

事件解決で一安心と気が弛《ゆる》み、女房のお藤《ふじ》、手先の伊之助《いのすけ》と共に羽を伸ばして浅草奥山《あさくさおくやま》の盛り場をそぞろ歩きの時に、鴉権兵衛一味の残党と玄次郎に、お藤を拉致《らち》されかけた。救おうと腕を伸ばした途端《とたん》、横から一刀の元に左腕半分を斬り飛ばされたのだ。

血飛沫《ちしぶき》を浴《あ》びながらも、脇差《わきざし》の鞘《さや》を添え木に下げ緒で縛って血止めをし、九死に一生を得た――。

早朝の心地良い冷気の中で、玉の汗を飛び散らせ一心不乱に、愛刀の胴田貫《どうたぬき》〈肥後一文字《ひごいちもんじ》〉を右手一本で奔《はし》らせていた。その胴田貫、もう両手で柄を握ることは出来ないので、一尺（約三十センチ）の長さの柄も、二尺四寸（約七十二センチ）の刀身も、〈研《と》ぎ貞《さだ》〉に注文をして、それぞれ三寸（約九センチ）ずつ短くしてもらった。

研ぎ貞は、この様な名刀を勿体《もったい》ない、と残念がったが、今後は右手一本で刀を振らねばならぬので、目釘《くぎ》を二ケ所鉄釘で止め、柄《つか》を頑丈《がんじょう》にした。扱い易くなったが、慣れるためにも朝の鍛錬は欠かせない。丁度《ちょうど》股旅《またたび》の渡世人《とせいにん》が一尺九寸五分（約五十八・五センチ）の長脇差《ながどす》を腰に差しているのと同じだ。勿論龍三郎は一尺八寸の脇差とともに大小二刀を帯刀している。武士としての備えはおさおさ怠《おこた》りない。

――〈常在戦場《じょうざいせんじょう》〉こそが、龍三郎の座右《ざゆう》の銘《めい》だった。

「お早うございやす。旦那《だんな》ァ、ご精が出やすねえ」

と、裏庭の枝折《しお》り戸を開けて、岡《おか》っ引《ぴ》きの弥吉《やきち》の顔が覗《のぞ》いた。

元長崎《ながさき》奉行《ぶぎょう》・黒田壱岐守宏忠《くろだいきのかみひろただ》の阿片抜け荷事件落着後から、龍三郎の手足となって、聞き込み、探索のため働いている岡っ引きだ。

今までの、伊之助の髪結いとしての情報だけでは心許《もと》なかった――。十手《じって》を見せて『お上《かみ》の御用だ』というだけで、聞き込み相手の態度は萎縮《いしゅく》する。お上の威光は絶大なるものがあった。

通常、龍三郎は、お奉行より拝領した十手は持ち歩かない。朱房《しゅぶさ》の十手は、神棚の三方《さんぼう》の上に置いて埃《ほこり》をかぶっていた。で、弥吉にも『なるべく十手は見せるな』と釘を刺してあった。己が隠密廻《おんみつまわ》り同心《どうしん》であることを、正体を知られたくないのだ。これ見よがしに見せびらかす必要のある時は、思う存分十手風を吹かせろと云い含めてあるが。

その岡っ引き弥吉が早口のべらんめえ調で、唾《つば》を飛ばして捲《まく》し立てた。

「旦那、また出やしたぜ。今度は武家屋敷地じゃござんせん。町屋も町屋、下谷広小路裏でさぁ。馬喰町《ばくろちょう》の自身番《じしんばん》の、あっしが可愛がってる番太が知らせてくれやしてね。ゆんべの四つ（午後十時）過ぎだったらしいですぜ」

「まぁまぁ弥吉、落ち着きな。ふ〜む、これで三人目かァ……。おう、弥吉、背中の汗を拭《ふ》いてくんな」

鞘を口に咥《くわ》えて納刀した胴田貫を右手に提《さ》げ、井戸端に向かう。

弥吉が追い越して、井戸の釣瓶《つるべ》を使い、桶に水を一杯に張った。

「何時見ても惚《ほ》れ惚《ぼ》れするような見事なお身体ですねぇ」

「へん、それだけが俺の取柄《とりえ》だ。鍛えとかねぇとな。いざという時に躰《からだ》が云う事を利かねぇとなったら、そン時ゃお陀仏《だぶつ》、お終《しめ》ェだろ？」

「その通りでござんすねぇ。あっしも見倣《みなら》わねぇと……」

水を絞った手拭《てぬぐ》いで龍三郎の背を拭いながら、弥吉が神妙に云った。

――その時、台所の腰高障子《こしだかしょうじ》を開けてお藤の声が、

「あら嫌だ。弥吉《やき》っつぁん、それはアタシの役目だよ」

カラコロと駒下駄の音をさせて龍三郎の後ろに廻り、お藤が弥吉から手拭いを取り上げた。

「あっ、奥様、どうもすいやせん」

姐《あね》さん被りの襷《たすき》掛け、朝餉《あさげ》の支度《したく》で、すっかり武家の女房に成り切っているお藤だった。

しかし、その鈴を張ったような涼やかな目元、細腰の艶《たお》やかな雰囲気は、辰巳《たつみ》芸者上がりの小粋さを失ってはいない。

お藤はあの一件以来、余計に龍三郎に想いを寄せているようにみえる。腕を犠牲にしてまで自分を救ってくれたという負い目を、いつも胸に仕舞っているのだろう。

この組屋敷内の朋輩《ほうばい》のお内儀《かみ》たちは皆、同心の暮らしに慣れているが、辰巳芸者、料理茶屋の女将《おかみ》上がりのお藤にとっては、そんな堅苦しい四角四面の武家の生活は真っ平《まっぴら》御免だった。

容姿端麗《ようしたんれい》、小股の切れ上がった粋な風情《ふぜい》は、この十一万坪の敷地に南北両奉行所の与力《よりき》、同心が住まう二百五十軒以上の組屋敷内でも、異彩を放つ艶やかさだった。

それは、龍三郎も同じだ。

同心のお仕着せのような、黄八丈《きはちじょう》の着流しに黒紋付の巻き羽織、黒足袋《たび》に雪駄《せった》、朱房の十手を前帯に手挟《たばさ》む町方の姿とは違う。龍三郎はいつも、紬《つむぎ》や縮緬《ちりめん》の身幅の狭い着流しを裾《すそ》長にぞろりと着こなし、黒紋付羽織はお奉行への拝謁等特別の折しか袖《そで》を通さなかった。

その袖に通す左腕がないから、いつも懐手に見える。知らぬ者は礼儀を弁《わきま》えぬ不埒《ふらち》な武士と思うだろう。常時、右手は袂《たもと》の外に出していても、左袂は風に吹かれてヒラヒラと揺れている。

大小二刀の胴田貫を落とし差しにした姿は、洒落者《しゃれもの》、伊達男《だておとこ》と噂《うわさ》される所以《ゆえん》だ。

「あら、身体から湯気が立ってるね、アハハハハ、毎度のことか。お前さま、もう朝餉の用意は出来たよ。お腹が減っただろう？　弥吉っつぁんも一緒にね」

「へえ、申し訳ありやせん、頂きやす」

藍染《あいぞめ》刺し子の稽古《けいこ》着に片袖を通し、土間の隅の水甕《みずがめ》から柄杓《ひしやく》で汲んだ水を喉《のど》を鳴らせて飲み干して渇きを癒《いや》すと、板の間に上がって胡坐《あぐら》を掻《か》いて膳に向かう。正座などはしない。

弥吉は勿論《もちろん》、畏《かしこ》まった正座だ。

浅葱《あさぎ》色の股引《ももひき》に木綿縦縞の着物を尻端折《しりはしょ》りで、半纏《はんてん》を羽織っている。長さ一尺二寸五分（約三十七・五センチ）の十手は帯の後ろに挟んで半纏で隠していた。

弥吉には、九寸五分の匕首《あいくち》の方が似合っているのだが――。

この弥吉、左腕肘下部分に二本の藍色の入れ墨が入っている。それを手拭いを巻いて隠していた。前科者の証《あかし》だ。百敲《たた》きの刑罰を受けて伝馬町牢屋敷《てんまちょう》を解《と》き放ちになった後、御牢内で聞いた噂で龍三郎に惚れ込み、配下の韋駄天《いだてん》の伊之助に渡りを付け、ある日、やって来た。

『旦那ッ、どうしても手下の一人に加えておくんなさい。今は深川門前仲町《ふかがわもんぜんなかちょう》の貸元とか何とか言われてやすが、あっしは二つ名に〈地獄耳《じごく》の弥吉〉の異名を頂いておりやすんで、聞き込みについちゃあお任せ願いやす。身を粉にして旦那のお役に立ちてえと存じておりやす。何卒、なにとぞ、子分の端に置いてやっておくんなせえ』

必死の売り込みと伊之助の後押しもあって、岡っ引きとして雇い入れることとなった。龍三郎の清濁併《せいだくあわ》せ呑む気性も、弥吉を配下に迎える因ともなった。

龍三郎自身も、〈呑む打つ〉、今は〈買う〉はないが、悪所への出入りは平気の平左《へいざ》だった。

弥吉には月に二分の高給を約束してやった。ほかの同心たちのお抱え岡っ引きは、年に二分の給金だった。

時は、十一代将軍徳川家斉《とくがわいえなり》の時代――。

家斉は天明《てんめい》七年（一七八七）から天保《てんぽう》八年（一八三七）まで、五十年間に及ぶ在位で権勢を誇った。二百六十有余年存続した徳川十五代の中でも最長の在位年数であった。

江戸の治安を司《つかさど》る奉行所は二つ。御城の外堀沿いの呉服橋御門《ごふくばしごもん》内に北町《きたまち》奉行所、南へ下がること十丁（約一〇八〇メートル）ばかり、数寄屋橋御門《すきやばしごもん》内に南町奉行所が在った。

当番月は半の目（奇数）の月は北町の勤番、丁の目（偶数）の月は南町の交代勤番であった。

ここに、時の北町奉行榊原主計頭忠之《さかきばらかずえのかみただゆき》の懐刀《ふところがたな》と謂《い》われる隠密廻り同心、結城龍三郎がいた。麴町三番町《こうじまちさんばんちょう》は練兵館《れんぺいかん》、斎藤弥九郎《さいとうやくろう》道場で師範代を務める神道《しんどう》無念流《むねんりゅう》免許皆伝《かいでん》の練達の剣士であった。

奉行直々《じきじき》に斬り捨て御免の免状を頂き、押し込み強盗、人殺しなど悪党たちを、自らの判断で斬り捨ててもお構い無しの鑑札を頂戴しているのだ。

この時代、いくら証拠や証人が揃《そろ》って確かな罪人であっても、科人《とがにん》自身の自白がない限り罪科、刑罰が科せられぬという規律があった。

そのため罪人たちは、重敲《たた》き百回、石抱き、海老《えび》責め、吊るし責めなどの過酷な拷問に耐え抜き、悪人仲間や江戸庶民にその根性を称賛され、石川五右衛門《いしかわごえもん》の如きは英雄視されるような皮肉な結果を招いていたのだ。

この現状を苦々しく思った奉行榊原忠之は、直々《じきじき》に、龍三郎に『獄門磔刑《ごくもんたっけい》に値する罪科確かなる悪人どもは斬り捨ても構わず』の認可を与えた。毎日の出仕《しゅっし》に及ばず、一人単独の探索で、事後報告でもお構い無しとの特別待遇を頂き、龍三郎としては、自由気侭《きまま》な隠密探索を続けている。当然、同輩たちの羨望《せんぼう》と嫉妬《しっと》の的となったが、これは致し方のないことと龍三郎は割り切っている。

お陰で、三十俵二人扶持《ぶち》の微禄の軽輩《けいはい》同心の中でただ一人、俸禄《ほうろく》三千石の奉行、榊原忠之自身の財布から毎月十両の役手当を頂戴して懐は豊かだった。いや、江戸庶民を震え上がらせた凶賊、鴉権兵衛一味を殲滅《せんめつ》した手柄で、毎月のお手当は倍の二十両に跳ね上がっていた。

しかし、その代償は、己の左腕の喪失であった――。

八丁堀《はっちょうぼり》組屋敷に百坪の土地を拝領し、三十坪の家に、今は、お藤という辰巳芸者上がりの可愛い女房と一緒に暮らしている。元掏摸《すり》で、今は廻り髪結いの、韋駄天の異名をとる伊之助も一緒だった。

お藤が甲斐甲斐《かいがい》しく弥吉と二人の前に朝餉の膳を並べる。

鯵《あじ》の干物、昆布《こんぶ》油げ煮、里芋の煮物、ぬかみそ漬、蜆《しじみ》の味噌汁……口の肥えた龍三郎には料理茶屋の女将上がりのお藤も精一杯気を使って、その食膳はいつも豪華だった。普通は朝から焼き魚など食膳には出ない。

と、そこへ、腰高障子を開けて扁平《へんぺい》な蟹面《かにづら》の小男、伊之助が顔を見せた。

「只今帰《けえ》りやした。旦那、奥様、お早《はよ》うございやす。おっ、弥吉っつぁん、来てたのかい」

八丁堀の湯屋、桜湯《さくらゆ》で五つ（午前八時）から朝風呂の与力、同心たちの髪結いと髭剃《ひげそ》りでひと稼《かせ》ぎした伊之助が帰って来たのだ。

この伊之助、足の速さは天下一品、韋駄天の異名を取る巾着切《きんちやくき》りだったが、龍三郎の懐を狙《ねら》って取り押さえられ、その後は改心し、龍三郎の男気に惚れて手下になり、今や無くてはならぬ耳目《じもく》となって役に立っている。

深川八幡の長屋に水茶屋の仲居で働く女房と暮らしていたが、その女房に間男《まおとこ》されて叩き出し、その後、吉原の遊女とイイ仲になった。そのお秋《あき》という女郎《じよろう》は、贔屓《ひいき》の若旦那の身請《みう》け話に望みを託していたものの、それがご破算になって、労咳《ろうがい》に蝕《むしば》まれた己の行く末を思い悩み、首括って命を絶った。そうして伊之助の儚《はかな》い恋も終わるという涙なしには語れない顚末《てんまつ》があった。

今ではここ龍三郎の家に転がり込み、玄関脇の六畳間に住んでいる。

その伊之助が商売道具の入った岡持ちを板間に置いて端座《たんざ》するなり、いきなり勢い込んで喋《しゃべ》り出した、

「旦那、またですぜ。今度は下谷広小路裏でさぁ。池之端《いけのはた》仲町の両替商讃岐《さぬき》屋の主人と丁稚《でっち》の二人が殺《や》られやした。スパッと見事な斬り口だったらしいですぜ」

「おぅ、たった今弥吉から聞いた。するってえと、三度目四人かぁ……」

焼いた鰺の干物をほぐし、飯と一緒に頰張《ほおば》って、蜆の味噌汁でぐびっと飲み込んだ。右手一本で食べるのにもようやく慣れた。一人稽古の後の朝飯はいつも格別に旨《うま》い。

口一杯に頰張った弥吉が、飯粒飛ばして云った。

「旦那、こいつは辻斬りですぜ。ただの物盗りじゃありやせんぜ！」

「おいおい、食うか喋るかどっちかにしろィ」

「あっ、すいやせん」

首をすくめる弥吉と伊之助に、龍三郎は云い放った。

「おい、伊之、弥吉、出掛けるぞ。仏《ほとけ》さんは何処《どこ》だ、斬り口を見てみてぇ」

「へえ、ご案内致しやす」

岡っ引きの弥吉が、すぃと立ち上がった。

「おぅ伊之、チョイと着替えて来らぁ。それまでに飯を済ませとけよ」

と、奥の間へ入るとお藤が追い掛けて来て、箪笥から結城紬の袷を引っ張り出す。襦袢《じゅばん》は裏羽二重《はぶたえ》だ。

「お前さま、今日はこれでいいかい、まだ寒いだろ？　それより今朝は、湯屋へは行かないのかい？」

不忍池《しのばずのいけ》の畔《ほとり》の料理茶屋〈藤よし〉を閉めて、ここ組屋敷に移って一緒に暮らし出してからは、呼び方も「お前さん」から「お前さま」に変わった。伝法《でんぽう》な口調は相変わらずだが、少しでも武家の奥方になろうと努めるお藤が、龍三郎にはいじらしかった。

「ああ、仏さんを片付けられちまうといけねえからな。湯屋は帰ったら行くさ」

毎朝、一人稽古の後、八丁堀の桜湯へ行くのが習慣になっていた。

お藤が膝をついて、床の間の大小を捧げて差し出す。龍三郎は受け取って、落とし差しに帯に手挟む。もう左手を添えて鞘の鯉口は切れないので、帯刀の時からいつも、刀身が鞘から抜け落ちないようにするための鎺《はばき》を五分（約一・五センチ）ほど抜いてある。これならば左手で鞘の鯉口を切らなくとも、柄を握った瞬間、右手一本で抜刀出来る。
抜刀するには、柄に手を掛けるより先に、鯉口を切らねば抜けない。右手一本の抜き打ちの稽古は怠りない。柄に手を掛けるやいなや鞘走る刀の閃光は、眼にも留まらぬ迅《はや》さとなっていた。

その刃《やいば》の迅さこそが、生死を決する分かれ目だと、幾度となく死地に臨《のぞ》んだ龍三郎は知っている。躰が覚え込んでいた。

土間にはもう伊之助と弥吉が小腰を屈《かが》めて待っていた。

「さ、出掛けるか。おい伊之、オメエもう、その岡持ちは要《い》らねえだろ」

「いえ、この方が。聞き込みにゃ相手は警戒しねえんで……」

「それもそうだな。弥吉、オメエも十手は背中へ隠して、見せるなよ。ここぞという時に冏っ引き風を思いっ切り吹かしな」

「へえ、分かっておりやす」

鋭い眼付きの浅黒い顔が頷いた。脛《すね》に傷《きず》持つ入れ墨者の強面《こわもて》の雰囲気は消しようもない。伊之助の愛嬌ある蟹に似た扁平面と好対照でいいのだ。

お藤が上がり框《かまち》に立って玄関の三和土《たたき》に立つ三人に、それぞれ火打石《ひうちいし》で切り火を打って、冠木門《かぶきもん》まで送りに出てくれる。

「お前さま、行ってらっしゃい、気を付けてね。伊之さん、弥吉っつぁん、ウチの人をよろしく頼みますよ」

まだ、辰巳芸者、料理茶屋の女将の時の癖が抜けていない。小粋な所作がこの同心組屋敷にはそぐわない。同心仲間の奥方たちのやっかみの種になっているらしいと、時折耳に入って来るが、龍三郎は『気にするなよ、女の悋気《りんき》はおっかねえからなぁ』とお藤を慰めている。

『平《へっ》ちゃらですよ、これぐらい。アタシが気が強いのは先刻承知でしょ』

以前、芸者を落籍《ひか》せて妾《めかけ》にしようとした狒々爺《ひひじじ》いに、『あたしゃ芸は売っても身体は売らないんだよ』と、啖呵《たんか》を切って撥《は》ねつけ、強欲な金貸し留五郎《とめごろう》にも『あたしゃ約定《やくじょう》通りの利息は日にちも守ってキチッと支払ってるじゃないか、文句でもあるのかい』とやり込めた。留五郎が子分たちと暴れ出しそうになったその時、居合わせた龍三郎が破落戸《ごろつき》を引っ叩《ぱた》き、這《は》いつくばらせて救ったというのが、お藤との馴れ初めだった。

「旦那の奥方は粋でやすねぇ……お綺麗《きれい》で、気風《きっぷ》が良くて、あんな女子《おなご》にどうやったら巡り合えるんでやすかねぇ……羨《うらや》ましいや」

弥吉が溜息まじりに云った。

「おめえのカミさんも満更《まんざら》じゃねえそうじゃねえか。商いは上手くいってるのかい？」

弥吉の女房のお袖《そで》は、神田連雀町《かんだれんじやくちょう》で小料理屋を営《いとな》んでいる。岡っ引き連中は、己の稼ぎだけでは、生計《たつき》が成り立たぬので、女房に汁粉《しるこ》屋、小間物屋などの内職をやらせ、生計の足しにしている者も多い。

伊之助が扁平の蟹面をゆがめて云った。

「あ〜あ、どうしてオイラだけこう女運がねえんだろ？　情けねえなぁ」

「おぅおぅ伊之助、力を落とすな、そのうちイイこともあらぁな。『待てば海路の日和《ひより》あり』ってなぁ……」

「アニさん、アニさんにホの字の女子をあっしは知っておりやすぜ」

と、弥吉も続けて云う。

「嘘《うそ》つけィ。慰めてくれなくたっていいよォ」

「おぅ伊之、おいらだってオメエの心根の優しさは先刻承知だ。駆け足は置いといて、ゆっくりと待ってな。福は向こうからやって来るだろうぜ」

八丁堀から新場橋の掘割を渡り日本橋の大通りを過ぎて、半刻（一時間）ばかり、三人が無駄口を叩きながら歩けば下谷広小路は直ぐだ。

龍三郎が二十八歳、伊之助三十四歳、弥吉は三十二歳、歳の近い主従であった。

二

池之端仲町の自身番——大通りの四つ辻南角にそれはある。間口二間に奥行き三間、奥に畳が四枚敷かれ、手前の土間の中央に囲炉裏《いろり》、それを囲んで長床机《ながしょうぎ》が二脚。土間に置かれた戸板に讃岐屋主人と丁稚の亡骸《なきがら》が、筵《むしろ》を掛けて横たえられていた。

弥吉は腰高障子を音立てて開け、おもむろに手を後ろに回し、十手を背中から取り出して云った。

「おう、お上の御用だ、オメエが町役《ちょうやく》の番太か？」

その十手は房なしの、握りを竹の皮で巻いたものだ。朱房は同心以上、紫房は奉行以上しか持てない。

「へえ、御苦労さまでごぜえます」

当時、江戸の町々には自身番が在って、各町々の境界として木戸が造られ、明け六つ（午前六時）から夜の四つ（午後十時）までその木戸門は開いていた。盗難、火事を防ぐために各町内を仕切っていた。

「おぅ弥吉、筵を捲《めく》ってみな。仏さんを見せてもらう」

と云いながら敷居を跨《また》いで入って来た、着流し懐手の龍三郎を見て、番太は不審そうな顔を向ける。

「へっ？　この方がお役人様で？」

目を丸くしている年寄りの番太に、弥吉が云った。

「おぅよ。失礼があっちゃならねえぞ。こう見えても八丁堀の旦那だ」

「さいでごぜえますか。へえ、どうぞ」

と、番太は囲炉裏端に跪《ひざまず》き、筵を死体の腰下まで捲った。

近付いた龍三郎が、死骸の着物を襟元から分けて覗き込む。

「ふぅむ。凄《すげ》ぇ斬り口だな……うん？　こいつぁ逆袈裟《ぎゃくげさ》だな」

讃岐屋の右肩の鎖骨を断った刀は、ザックリと斜めに心の臓を薙《な》ぎ切って、左脇腹へ抜けている。斬り裂かれた頸根《くびね》と胸から噴き出たおびただしい血が、着物をぐっしょりと赤黒く染めていた。

「弥吉、伊之、その丁稚の方を引っ繰り返してみな」

もう既に冷たく硬直した骸《むくろ》を、二人は、へぇ、と気味悪そうにうつ伏せにした。逃げようとしたのだろう、背中から入った刃筋は丁稚の左肩から断ち割り右脇腹へ抜けている。

「間違《まち》ぇ《げ》ねえ、左利きだこいつは……二人とも逆袈裟に斬り下げてるぜ」

尋常の袈裟斬りだったら、向かい合う相手の左肩から刃は入るものだ。

武士は、たとえ生まれつきの左利きであっても、ただちに右利きに矯正されたものなのだが――。龍三郎もそうであった。

箸《はし》持つ手、筆持つ手。特に、刀を持つ手は右でなければならぬ。

着物は懐が右に開くように右前に着るものだし、左手で抜刀するには右腰に帯刀しなければならない。

龍三郎は（この辻斬りは間違いなく左利きだ）と確信した。

弥吉が矢継《やつ》ぎ早《ばや》に、年老いた番太に訊ねた。

「おう、番太、この骸《むくろ》は誰がいつ見付けた？　場所は何処だ？　なぜ、讃岐屋と分かった？」

「へえ、六つ半（午前七時）頃、朝早《はえ》ぇ仕事の大工が、下谷広小路裏の路地に転がっていた二人を見付けて泡喰って飛び込んで来たんで、へえ。燃え残った提灯《ちょうちん》に両替商讃岐屋の文字がありやして……。手首に持つ巾着袋は手付かずで、中には大枚《たいまい》の銭が入っておりやした、へえ」

「こいつぁ、食い詰め浪人の物盗りじゃぁありやせんねぇ」

弥吉が当たり前のことを、顎を撫《な》でながら訳知り顔で呟《つぶや》いた。

そこへ定町廻《じょうまちまわ》り同心の轟大介《とどろきだいすけ》が手下の岡っ引き万吉《まんきち》を従えて、息せき切って飛び込んで来た。

「あっ、結城さん、お早いですね。私は出仕して聞き、直ぐにその足で駆けつけたんですがね。一足遅かったか！」

「遅いも早いもねえ、まぁ見てみな」

龍三郎は戸板の前の場所を譲《ゆず》った。この轟大介、日頃から練兵館では師範代として稽古を付けてやり、目を掛けて可愛がっている弟弟子なのだ。昨年の阿片騒動の折には、黒田壱岐之守屋敷へ二人で斬り込んだ。轟は初めて人を斬り、道場の竹刀《しない》稽古と真剣との違いを肌で納得し、大分性根が据わってきたと龍三郎は感じている。

「おい、大介、これをどう見る？」

「はぁ、凄まじい斬り口ですねぇ。どうしたら一太刀でこんな風に鮮やかに斬れるのか。いや、結城さんだったら別ですよ」

感心しきりの轟大介に、斬り痕を捲って見せ、

「どうだ、分からねえかい？　左利きだぜ、こいつは……」

「あっ成程！　初太刀が逆袈裟斬りで殺《や》られてますね、二人とも」

大介は目を瞑《つむ》って、左右の袈裟斬りの型を腕を振って演じてみた。

「おい大介、周りに誰か……左利きの遣い手に心当たりはねえか？」

「さぁ、急に云われても……あっ、居ます居ます。火盗《かとう》の櫛田文五郎《くしだぶんごろう》氏！」

拳《こぶし》を掌《てのひら》に打ちつけ、顔を輝かせたが、すぐに眉宇《びう》を曇らせた。

「しかし、まさか櫛田さんが？」

「う〜む、文五郎なぁ……」

龍三郎とは練兵館で時々手合わせもする同門、神道無念流の剣客だった。時に酒も酌み交わす仲だ。火付盗賊改方《ひつけとうぞくあらためかた》に属する同心だった。

龍三郎は、辻斬り現場を見に行くという轟大介と、聞き込みで周辺を回ってみるという弥吉を残して、伊之助と共に八丁堀へ足を向けた。

「伊之、戻ったら桜湯へ行くからな、月代《さかやき》を当たってくんな」

「へえ、承知致しやした」

龍三郎は、月代を狭く剃った小銀杏髷《こいちょうまげ》という流行りの髷だった。

龍三郎、髭の剃り跡青々と、身幅の狭い着流しをぞろりと丈長に着て、左袂をはためかせ、素足に雪駄、洒落男の面目躍如《めんもくやくじょ》たる身形《みなり》である。

ただ、片腕を失って以来自然と、悽愴《せいそう》感、孤独感を深く漂わせている。

帰途は、龍三郎も考え込みながら黙々と歩くので、伊之助の軽口も封じられ、黙って従って歩く。陽《ひ》も中天に昇って、穏やかな春の日差しが暖かく感じられる。小鳥の囀《さえず》りも賑《にぎ》やかだった。

三

翌《あく》る朝、龍三郎は、峻烈《しゅんれつ》な朝稽古の後、久し振りに九段に在《あ》る練兵館へ顔を出した。

練兵館は、神田お玉ケ池《たまがいけ》の北辰一刀流《ほくしんいっとうりゅう》の始祖・千葉周作《ちばしゅうさく》の玄武館《げんぶかん》、南八丁堀蜊河岸《あさりがし》の鏡新明智流《きょうしんめいちりゅう》桃井春蔵《もものいしゅんぞう》の士学館《しがくかん》と並んで江戸三大道場と呼ばれ、隆盛《りゅうせい》を極めていた。

当主斎藤弥九郎の長男新太郎《しんたろう》は諸国廻国修行中で留守、三男の歓之助《かんのすけ》もまた長崎・大村《おおむら》藩の剣術指南役として召し抱えられて留守。今は、斎藤弥九郎を凌《しの》ぐ達人と称された隠居後の岡田吉貞《おかだよしさだ》（二代目岡田十松《じゆうまつ》）が練兵館客分として指南に当たっていた。

龍三郎が武者窓から覗くと、六十畳敷きの道場に三、四十人の門弟たちの気合と喊声《かんせい》、竹刀を打ち合う音が響き、稽古の真っ最中だ。

二間巾の玄関式台を上がると、あっ先生、師範代、と目敏《めざと》く見付けた門弟たちの声がさざなみのように道場内に広がり、稽古を止めて道場の板壁に沿って端座し、両手を付いて、お久し振りでございます、と挨拶《あいさつ》する。

斬り捨て御免状を頂く隠密同心の噂は、門弟たちの口から口へ伝えられ、畏敬《いけい》と羨望の的となっていた。

道場に一歩足を踏み入れた龍三郎は、まず〈香取鹿島《かとりかしま》〉の祭壇が祀《まつ》られた上座神棚に向かって拝礼し、振り返って云った。

「おい、皆んな、稽古を続けろよ。俺が来たからって遠慮するこたぁねえんだ」

と、ここでも伝法な口調は変わらない。

一段高くなった十畳ほどの板敷きの道場上座に、指南役二代目岡田十松が着座していた。穏やかな表情で龍三郎を迎える。

「おぅ結城、久しく顔を見なんだが、壮健そうだな。貴公の噂は轟大介から聞き及んでおる。見事な働きであったらしいのぅ」

「いやいや、御師範《せんせい》。お恥ずかしい限りで」

「お～、早くも来よった、噂をすればなんとやらだ」

汗びっしょりの轟大介が駆け寄り、磨きこまれて黒光りする板張りの床に手を付いて、

「師範代、一手ご教授のほど宜しくお願い致します」

「おぅ、轟。今日は櫛田文五郎は来ているかい？」

「いえ、まだお見掛けしておりませぬが、熱心な方ですから、間もなく見えると存じますが……」

「ならば、致し方ねえ。それまでオメエを相手に、一丁やるかぁ」

と稽古着に着替えに奥の間へ立った。

筒袖の藍染の刺し子と稽古袴を穿《は》いて道場中央に立つと、防具で固めた轟大介と正面に対峙《たいじ》した。波が退《ひ》く様に門弟たちは稽古を止め、道場の壁際に端座《たんざ》し息を呑んで二人に注目している。

龍三郎は素面、素小手だ。打ち込まれぬ自信がある。

剣先を合わせ、蹲踞《そんきょ》した後、立ち上がって竹刀を構えた。間合い二間――。

「参る」

轟大介がすぅっと正眼《せいがん》の構えに入った。確かに半年前の人斬り以来、腕を上げている。龍三郎は右手一本の、相変わらずの地摺《じず》り下段構えだ。

――睨み合うこと数瞬。

「たあッ」

裂帛《れっぱく》の気合と共に轟が大上段から真っ向に打ち込んで来た。龍三郎は左足を引いて肩先三寸で躱《かわ》し、右袈裟斬りで轟の左肩を引っ叩いた。

バシッと小気味良い音が静寂の道場に轟《とどろ》いた。

審判役の岡田十松の、一本、の声より先に轟が飛び下がり、

「参りました」

と竹刀を脇に置いて跪き、両手を付いた。

肩は面当ての垂れで防御されているが、多分数刻後には青あざで腫《は》れ上がることだろう。

ここ練兵館の稽古は荒稽古で名を馳《は》せ、そのために入門者も減っているとい

う。実戦に役立つように、互いに骨身に達する猛打を応酬する。刀を捨てての組打ちになれば、相手の面を剝《は》ぎ取り、首を締め上げ気絶させるまで手を弛めない。激烈な稽古を旨《むね》とした。

神道無念流の剣術の特徴は、「力の剣法」と云われる通り、竹刀稽古では軽く打つ「略打ち」を許さず、したたかに「真を打つ」渾身《こんしん》の一撃を一本とした点にある。そのため、防具を他流派よりも、牛革などで頑丈にしていた。

お玉ヶ池の千葉道場では、手心を加え、完全防具の相手に竹刀を当てるだけらしい。少しでも先に竹刀が相手に触れれば勝ちということで、大きな痛みも感じず、そのため町人、農民たちまでが押し寄せ、三千人に及ぶ入門者で溢れ返っていると聞く。

ここ練兵館道場正面上座の板壁には道場訓が大書されていた。

一つ、兵は凶器と云えば、その身一生用《もち》ゆること無きは大幸といふべし。
二つ、これを用ゆるは、止《や》むことを得ざる時なり。
三つ、天下のために文武を用ゆるは治乱に備うるなり。
四つ、わたくしの意趣《いしゅ》、遺恨等に決して用ゆるべからず。これ即《すなわ》ち暴なり。

数人の門弟たちが龍三郎の周囲に駆け寄った。口々に、「師範代」「私に一手ご教授を」「拙者《せっしゃ》に手ほどきを」など、指南の相手に指名されるべく必死に叫ぶ。

その中に紅顔白皙《こうがんはくせき》の若者が真摯《しんし》な眼差《まなざ》しで見上げていた。

「おぅ、オメエさんは確か、長州《ちょうしゅう》の山崎進之丞《やまざきしんのじょう》とか云ったねぇ。寄宿所で寝起きして剣術修行か。よし、やるかぁ」

「はっ、有難《ありがと》うございます」

喜び勇んで、面籠手の防具を着け、向かい合った。

この山崎進之丞、西国長州藩から、廻国修行中の斎藤新太郎の推薦により四名の藩士と共に遣わされ、この練兵館にて剣術修行中の身だった。棟続きに建てられた寄宿所で諸藩から派遣された三十数名の藩士と共に寝起きし、一心不乱に剣術修行に打ち込んでいた。

因《ちな》みに、この神道無念流練兵館からは、水戸《みと》藩士、後の新撰組局長芹沢鴨《せりざわかも》、大《おお》村《むら》藩渡辺昇《わたなべのぼる》、松前《まつまえ》藩浪人新撰組の永倉新八《ながくらしんぱち》らと、長州の桂小五郎《かつらこごろう》、高杉普作《たかすぎしんさく》、品川弥二郎《しながわやじろう》ら多くの剣士を輩出した。

龍三郎と同じ背丈五尺八寸、大柄の山崎が股立《ももだち》を取った右足を踏み込んで繰り出した鋭い突きを、下段から撥ね上げ、返す竹刀で「面ッ」の一声——三尺八寸の長さの竹刀は存分に間合いに入った打ち込みのため、剣先は山崎の後頭部にまでしなり、したたかに打ち据えた。よろめいて膝付き、両手を床に、参りました、と頭《こうべ》を垂れた山崎進之丞、まだ入門半年であった。

「未熟ッ」

龍三郎の叱咤《しった》の声が道場内に響いた。ざわざわっとどよめきが広がった。

龍三郎は〈龍飛剣《りゅうひけん》〉と称する、下段の構えから上へ敵の剣を擦り上げながら、下へ袈裟懸けに斬り落とす技を得意とし、必殺剣としていた。

「結城さん、久方ぶりに拙者とお手合わせを」

背後からの声に振り向けば、櫛田文五郎がにこやかな笑みを浮かべて立っていた。無駄な肉の削《そ》げた痩身の剣士の身体を持つ。

「おぅ櫛田さん、一瞥《いちべつ》以来だな。おぬしと剣を交《まじ》えたくて今日は顔を出したんだ。ひと手、手合わせを」

「ほう、それはまた……素面素小手でよろしいのか」

「う～ん、もう面倒だ。しかしご遠慮なく打ち込まれよ」

この練兵館で竜虎と並び称される二人の申し合いが見られるという状況に、血を沸き立たせた門弟たちは、両拳を膝の上に握り締め、身を乗り出して見入っている。道場は、しーんと水を打ったように緊迫した静けさに包まれた。

龍三郎は自然体の右手一本の地摺り下段構え——。

「では遠慮なく……参るッ」

櫛田は正眼《せいがん》の構えで、剣先は龍三郎の眉間《みけん》につけられている。面の隙間から覗く眼は炯炯《けいけい》として熱い光を放っていた。

龍三郎が先に動いた。床を鳴らして踏み込んでの肘を狙った逆袈裟——。

櫛田は咄嗟《とっさ》に龍三郎の右肩を袈裟斬りに打ってきた。左へ払った。

ぱ～んと空中で両者の竹刀が乾いた音を立てて二人は飛び違った。

一間の間合いで再び睨み合う。

(矢張り左利きだ)

気が熟し、櫛田の体軀が膨《ふく》らみ、
刹那《せつな》——。

上段からの右肩を狙っての逆袈裟斬り——。

後《ご》の先《せん》だ。龍三郎の剣が横一文字に胴を抜いてすれ違った。

バシッと小気味良い肉を叩く音の後に、

「参った」

櫛田文五郎が片膝付いて龍三郎を振り仰いだ。

道場内に張り詰めた緊張の糸が一気に解き放たれて、門弟たちの安堵《あんど》と感嘆《かんたん》の息がほぅ〜と吐き出された。

四

龍三郎と櫛田文五郎の姿は、日暮れ前に日本橋木挽町《にほんばしこびきちょう》の居酒屋〈樽平《たるへい》〉の小座敷にあった。ここで酒を酌み交わすのは、阿片の抜け荷事件の折、この樽平を拠点に情報を交換し合って以来のことだ。

北町の吟味方《ぎんみかた》筆頭与力の磯貝三郎兵衛《いそがいさぶろうべえ》をあぶり出し、長崎奉行帰りの黒田壱岐之守との黒い繋がりを明らかにするため、この櫛田文五郎に骨折ってもらって以来の、ここ樽平での酒だった。

「櫛田さん、久し振りに思い切り飲《や》りますか」

「いやぁ、結城さんにはいつも奢《おご》られっぱなしで、肩身が狭いですなぁ」

と首の後ろを撫《な》でながら恐縮している櫛田文五郎は、しかし磊落《らいらく》そうで、その硬骨漢《こうこつかん》ぶりを龍三郎はよく知っている。

「いやいや櫛田さん、私にはお奉行から余禄《よろく》の斬り捨て御免料が懐に入ってくることはご存じでしょう。気にせんでください。酒の一杯や二杯……」

「また拙者はその酒には目がないと来ているから始末が悪い。では遠慮なく奢って頂く……ところで今日は何ゆえ、道場で拙者に手合わせを望まれたのかな？」

「まぁまぁ一献。親爺《おやじ》イ、肴《さかな》は旨いものを取り繕《つくろ》ってくれ。オメエに任せたぜ」

「へ～い、頬っぺたが落っこちそうな旨《うめ》え肴を召し上がって頂きやすぜェ」

親爺の樽平が調理場との境の暖簾《のれん》を分けて、八の字眉毛の愛嬌《あいきょう》のある狸顔《たぬきがお》を覗かせて云った。

龍三郎は手酌《てじゃく》で盃《さかずき》に燗酒《かんざけ》を注ぎ、ゆっくりと飲み干した。

武士は顎を引いて、盃を口に持ってきて、ゆっくりと啜《すす》る。

樽平の親爺のような下賤《げせん》な酒好きは、尖《とが》らせた口から先に盃に吸い付き、グビグビと呷《あお》るように呑む——酒の呑み方が違う。

「櫛田さん、近頃お江戸を騒がしている辻斬りの噂はご存じかな？」

「はて、町奉行所務めではない拙者の耳には、恥ずかしながらまだ……されど、余程ひどい事件なのですかな？」

眉宇《びう》を顰《しか》め、身を乗り出して訊く文五郎の真摯な態度には、疑いようのない誠実さが溢れていた。

「うん櫛田さん、もう既に三件目なんだが、亡骸を検《あらた》めたところ、左袈裟斬りだった。つまり、左利き……」

「ははぁ、それで拙者との立ち合いを望まれたという訳か！」

「うむ、斬り込み方や刃筋を知りたくてねぇ……失礼した」

「いやいや、なれど少しは、拙者の拙《つたな》い剣法でも参考になりましたかな？」

「いや矢張り真剣でないと……所詮《しょせん》竹刀とは剣先の迅《はや》さが違います。恐ろしい斬り口でしてねぇ、かなりの遣い手であることは疑いの余地もござらぬ。私はこの眼でその死骸を検視して来ましたがね、あれは試し斬り以外の何ものでもない。新刀の斬れ味を試す為か、ただ血に飢《う》えた殺人鬼か？」

「ふ〜む」

文五郎は手酌の盃を一気に呷《あお》って腕組みした。眉間に皺《しわ》を寄せている。

「旦那ァ、やっぱり此処《ここ》でしたか。ああ、よかったァ」

声に振り返れば、岡っ引きの弥吉が入ってすぐの呑み台に両手付いて体を支え、ふうふうと息を弾ませている。

「おぅ弥吉、どうしたい？　息せき切って。よし駆け付け三杯だ、一杯いきな」

「だ、旦那、それより、み、水を一杯ッ」

手の甲で汗を拭い、息を喘がせているのを見て、龍三郎が奥へ声を掛けた。

「お〜い親爺ィ、弥吉に水を一杯やってくんな。酒はその後だとよォ」

「へぇへぇへぇ、どうぞ親分、お水でござんすよ」

親爺が柄杓《ひしゃく》から酌んだ水を茶碗に移して差し出すと、弥吉は息もつかずに喉を鳴らして飲み干し、

「済まねえ、もう一杯くんな」

口を拭って茶碗を親爺の胸に押し付けた。まだ息が収まらない。

「へ〜い、お水お代わりィ〜。水なら幾ら飲んでも只ですぜェ〜」

「莫《ば》っ迦《か》野郎、憎まれ口を叩くんじゃねえ。喉が渇《かわ》く理由《わけ》があるんだッ！　分っからねえのか！」

手下思いの龍三郎の一喝であった。

「へ〜い、すいやせん」

親爺が首を竦《すく》めながらお代わりの水を差し出すのを目の端に、弥吉に訊ねた。

「で、どうしたい？」

「へえ、手掛かりを摑《つか》みやしたぜ。あの界隈《かいわい》を虱《しらみ》つぶしに聞き込みに回りやしてね。あの讃岐屋と丁稚が殺られた晩、五つ（午後八時）頃に、二人で連れ立った侍《さむれ》ぇを、二組見たという蠟燭《ろうそく》屋の手代と居酒屋の娘っ子が居《お》りやした。その二人が口を揃えて云うにゃあ、四人ともきちんと羽織袴姿でどこぞの御家中のお侍《さむれ》えに違えねえと……。そん中の一人は目だけ出して首まで覆う頭巾を被ってて、ご大身《たいしん》のお武家に見えたそうで……。家紋は判らなかったとかで……へえ」

「でかした弥吉。十手が物を言ったな。まぁ一杯いきな」

「へえ、頂きやす」

両手で猪口《ちょこ》を捧《ささ》げ受ける弥吉に酒を注ぎながら、龍三郎は問い掛けるように文五郎に眼を遣った。

ううむ、と唸《うな》りながら櫛田もまた手酌で注ぎ、グイと飲み干した。

「へ〜い、お待たせいたしやした。樽平自慢の腕によりを掛けた肴ですぜ。鱈《たら》豆腐、味噌田楽、畳いわし、こはだ大根、小松菜ひたしもの。へ〜い、こんなとこでどうでげしょう？　お口に合いやすかどうか……お〜い、お千《せん》ちゃん、燗酒お代わりだよぉ」

親爺が肴を運んできた。

「へ～い、お待っどうさまですた」

頬が林檎《りんご》のように真っ赤な小女《こおんな》のお千が、胴壺で沸かしたチロリの熱燗を二合徳利《とつくり》に移して運んで来た。江戸の人は皆、夏でも冬でも一年中酒は燗酒なのだ。冷やでは飲まない。

「ありがとよ、お千ちゃんとか云ったな、もう馴《な》れたかい？　爺《と》っつぁん、嫁に行ったお春《はる》坊は幸せにやってるのか？　お千ちゃんも早《はえ》えとこ見習わねえとな」

「やんだ、わだすなんかまだまだぁ……お江戸は、まんずおっかねえとごだもんねっす」

会津《あいづ》から奉公に出て来たばかりだというが、身を揉んで恥ずかしがる風情はすでにもう女、である。確か十六歳の筈《はず》。

「そうだ。お江戸はおっかねえどォ。辻斬りがウロチョロ出やがるからな。夜は一人で出歩いちゃならねえどォ。いや、こいつぁ脅しじゃなくてな」

龍三郎がチョイとお道化《どけ》て揶揄《からか》うと、小座敷には上がらず框に腰掛けたままの弥吉が、猪口を手に真顔で樽平とお千の二人に云った。

「そうだぞォ、爺《と》っつぁんもお千ちゃんも冗談じゃなく、夜歩き、夜遊びは控えた方がいいぜ」

「へえ、店の客から聞いておりやす。誰彼構わず見境なしに、ぶった斬られちまうとか……おっとろしい世の中になりやしたねぇ」

樽平が大袈裟に溜息ついて一人頷くのへ、龍三郎が云った。

「おぅ、ところで爺っつぁん、オメエも、ここんとこぁ、真面目に商いしてるみてえじゃねえか」

「へっ？」

「酒を水で薄めてねえってことさ」

「旦那ァ、人聞きの悪《わり》ィ～。知らねえ人が聞いたらホントにしますぜェ」

文五郎と弥吉の顔を見比べながら、口を尖《とが》らして抗議した。

「だって、ホントのことだからしょうがあるめえ。以前はやってたんだろ？　おいらに見破られたから、今はまともに商売してるんだろうが？」

「嫌ンなっちまうなぁ、そいじゃまるで……」

「まぁまぁまぁ、おいらは変わりなく贔屓《ひいき》にしているよ。心配《しんぺえ》するねえ」

まだ不服そうな樽平を手を振って追い払い、衝立《ついたて》を引いた。

「櫛田さん、思うんだが、おいらが囮《おとり》になって夜な夜なあちこち、ふらふら歩き廻ってみようと思うんだが、オメエさんどう思う？」

酒のせいか、いつの間にか櫛田に対する武家言葉が伝法《でんぽう》なべらんめえ調の喋《しゃべ》り方に変わっている。気の置けない仲なのだ。

「うむ、面白いかも知れん。おぬしなら、どんな手練《てだ》れの剣客だろうと、返り討ちに屠《ほふ》り去ろうが。ただ、当てもなく、時も場所も分からんしなあ。それに、対手《あいて》も武士を狙うかな」

「しかし、手掛かりの糸口が皆目《かいもく》掴《つか》めてねえ……どうでぇ弥吉、明日の晩からおいらと一緒にウロついてみるか？」

「へえ、あっしは旦那の仰《おっしゃ》ることなら何でも、お言い付け通りに……」

「ただ、相手は四人組だ。おいらが思うに、三人はその頭巾の侍ぇに斬らせるために、獲物の背後を固めて逃げられねぇようにする、護衛の家臣じゃねえかと思うんだが……」

「あり得る話だ。その下手人はそれ程慎重に襲撃するのだろう。狡猾《こうかつ》で残忍な奴等だ。結城さん、拙者も気にしておこう。いや、火盗も既に動き出しているやも知れん」

「ああ、そうだろうなぁ。このまま町衆の皆さんを震え上がらせたまんまにしてちゃ、奉行所の面目《めんもく》が立たねえんだ」

虚空《こくう》に目を据え、盃を呷る龍三郎の耳に、聞き覚えのある声が飛び込んできた。

「あぁ旦那ッ、やっぱり此処でしたね。また出やしたぜ、四半刻（三十分）前、鍛冶橋御門《かじばしごもん》を渡った北紺屋町《きたこんやちょう》で、若い娘っ子とお侍ぇが一人……」

今度は伊之助がご注進《ちゅうしん》だ。弥吉と違って息切れもせず、平然と云う。

「何ッ、侍ぇが殺られただと？　こいつぁ……。娘っ子は兎《と》も角《かく》、ただの辻斬りじゃねえな。腕試しか？」

一気に盃を呷り、立ち上がると、文五郎もまたそれに倣った。

「拙者もお供しよう、お邪魔でなければ……。この眼でその斬り様を見ておきたい。よろしいかな？」

龍三郎が振り返って云った。

「おぅ櫛田さん、願ったり叶ったりだ。ご同道頂きたい。見て貰えりゃ、一目瞭然《いちもくりようぜん》だ。えげつねえぜェ……おぅ伊之、案内しな。親爺、勘定だ」

紙入れから一分銀を呑み台に放った。

「へ〜い、毎度有難うござぁ〜い」

「またのお越すをお待つすておりま〜す」

親爺とお千に送られて、樽平を後にした。

道々、伊之助が口角《こうかく》泡を飛ばして報告する。

「あっしが髪結いの仕事も店仕舞《じめ》ぇで桜湯を出るてぇと、お堀端を、辻斬りだぁ、また出たぞぉ、って大勢の野次馬が口々に叫びながら鍛冶橋の方へ走って行くじゃござんせんか。あっしも後を追ってみたんでやすが、案の定でやした。若ぇ娘と、一丁ばかり離れたとこでお侍ぇが一人……」

「ふ〜ん。別々だな、そりゃあ……こいつぁ誰彼見境無く、斬り殺すことに飢《う》えてやがるなぁ、許せねえ！」

龍三郎の心底からふつふつと沸き上がって来たのは、(悪ィ野郎は許せねぇ。叩っ斬ってやる) という抑えようのない正義感だった。

やがて、一石橋《いちこくばし》を渡って呉服橋御門を通り過ぎお堀沿いに南へ三丁——鍛冶橋御門を左へ折れると、北紺屋町——人が群れている。

まだ暮れ六つを回ったばかりだ。仕事帰りの大八車や、空《から》になった天秤棒《てんびんぼう》を担《かつ》いだ棒手振《ぼてふ》りの行商人、風呂敷包みを背負った商人たちが集《たか》って覗き込む先には、何処その大店《おおだな》のお嬢さん風の若い娘が仰向《あおむ》けに倒れていた。

傍《かたわ》らに片膝付いて朱房の十手を手に検視している後姿は轟大介——周囲の野次《やじ》

馬《うま》に声高に訊き回っているのが手下の万吉だ。

「おい、誰か見た者はいねえか？　この娘を知ってる者はいねえのかぁ？」

見物人たちに声をかけている。

「矢張り、左袈裟だな」

人だかりの後ろから覗いて龍三郎が呟いた。伊之助を振り返り、

「侍ぇは一丁先だったな」

「へえ、左様で。こちらでございやす」

その場を離れようとする後姿へ、轟が呼び止めた。

「あぁ結城さん、丁度良かった。なんせ、奉行所とも組屋敷とも目と鼻の先ですからなぁ。押《お》っ取《と》り刀で駆け付けましたよ。如何《いかが》視《み》ますか？」

「思った通り、左利きだ。こんなうら若い娘を……。血も涙もねえ野郎だな。俺ぁチョイと、この先の侍ぇの方を見て来らぁ」

櫛田文五郎と肩を並べ歩き出すのを、伊之助と弥吉が後を追った。

一丁先の掘割沿い、こちらには磯貝三郎兵衛亡き後、吟見方筆頭与力に格上げとなった高杉新左衛門《たかすぎしんざえもん》が同心一人を供に、検分の真っ最中であった。

「おう結城、流石《さすが》に早いな。見事にバッサリ殺られてる。相当な手練《てだ》れだな、こ

いつは。……どう視る？」

仙台平《せんだいひら》の袴に黒羽二重の羽織を着た立派な風采《ふうさい》の中年の侍が絶命していた。驚きのためか、目は見開いたまま、表情は硬まっている。

「……武士道不覚悟……」

龍三郎がぼそっと呟いた。櫛田文五郎も、その通りだな、と同調した。その武士は柄《つか》に手も掛けず、鯉口も切られていない。

「その上、見てみろ、前後から一太刀ずつ。おそらく、逃げようと振り向いたところを向かいから抜き打ちの胴斬り、留めの一撃が背中からの左袈裟斬りだ」

武士道不覚悟！　武士として最も恥ずべき行為である。敵を前にして後ろを見せ、抜刀の気配も見えない。せめて柄を握り、鯉口が切られていなければならぬのだ。武士としての矜持《きょうじ》、誇りは何処に置いてきたのか。

切腹、あるいはお家取り潰しの処断が藩命で下されても致し方のない、武士として卑怯未練《ひきょうみれん》の臆病者と蔑《さげす》まれても当然の最期の姿だった。

かの肥前《ひぜん》国佐賀鍋島《さがなべしま》藩士、山本常朝《やまもとつねとも》が武士としての心得を著した『葉隠』の一節にあるように、『武士道と云ふは死ぬ事と見つけたり』の覚悟を全《まっと》う出来なかったのだ。

武士としての死生観は——？

戦国時代が終焉《しゅうえん》し、天下統一後、初代征夷《せいい》大将軍、東照神君《とうしょうしんくん》徳川家康《いえやす》、二代秀忠《ひでただ》、三代家光の時代までは剣で身を立て、立身出世も叶う世の中であった。世が平定され戦のない時代が二百年以上も続くと、刀を抜いての斬り合いもなく、否、抜き方さえも知らず、刀はただ飾り物の如く腰に帯びただけの体たらくに陥《おちい》ってしまった。嘆《なげ》かわしい風潮に慣れ切っていた。

この十一代家斉の治世、剣術道場も乱立し、商人、農民らまで我も我もと竹刀の叩き合いに興じ、金さえあれば武士の株を買い、苗字帯刀が許される時代となってしまった。

またそれを売る旗本・御家人が増えているのだから、何をか言わんやだ。

龍三郎にすれば、歯嚙みして（世も末だ）と感じざるを得ない。

覗き込んでいた廻り髪結いの伊之助が何気なくうそぶいた。

「銀杏髷の元結《もっとい》がキリッと高《たけ》ぇな。月代も広く綺麗に剃り上げてらぁ。確かなご家中のお侍ぇですぜ、このお武家さんは」

「この家紋、どこかで見覚えがあるぞ。三つ銀杏《いちょう》紋か……武鑑で調べてみるか」

与力高杉新左衛門が呟き、同心を従えて奉行所へと向かうその後姿へ、龍三郎が声を掛けた。
「高杉さん、あとで手下の弥吉を伺わせますので、素性を教えてやってくださ
い」
　高杉筆頭与力は、分かった、と手を上げて奉行所へ戻って行った。その前に弥
吉が小腰を屈めて、あっしが弥吉で、とその顔を高杉に見せた。
　弥吉と伊之助も残って、聞き込みに回ってみるというので、龍三郎と櫛田文五
郎はその場を去った。
　春の夜はとっぷりと暮れて、客を呼ぶ軒下の提灯の灯りも何か侘《わび》しげだ。
　辻斬りの恐怖が江戸庶民に影を落とし、人通りも絶えて、何とか江戸の町々の
賑やかさを取り戻さねばと心に決めた龍三郎であった。

第二章　隻腕《せきわん》の剣士

一

五つ半（午後九時）頃、組屋敷の居室でお藤と注《さ》しつ注されつ、鯛《たい》の刺身をつまみにイイ気分で一杯飲《や》っていると、裏の枝折り戸《しおりど》を開けて伊之助と弥吉の二人が揃《そろ》って顔を出した。先刻の辻斬り《つじぎ》現場から聞き込みを終えて戻って来たのだ。

縁先に跪《ひざまず》いて弥吉がおもむろに切り出す。

「旦那《だんな》、只今戻りやした。面白《おもしれ》ぇ話が聴けやしたぜ」

脇から弥吉も乗り出して、

「旦那ぁ、あっしの話も聴いてやっておくんなせぇ」

と、こちらも負けてはいない。

「おぅおぅ、オメエら遅くまで御苦労だったなぁ。さぁさ、上がんねえ、熱いとこ、一杯《いっぺぇ》いきな。お藤、こいつ等《ら》の分も頼まあ」

「あいよ。御苦労だったね、伊之《いの》さん、弥吉《やきち》っつぁん。さ、上がっておくれ。今用意するからね。お腹も減っただろ？　ささ、遠慮しないで」

労《ねぎら》いの言葉と共にいそいそと台所へ立つお藤を見送りながら、

(手下思いのいい女房になってくれたな、有り難《がて》ぇや)

と龍三郎は心の中で手を合わせた。

座敷に上がり込んだ二人は畏《かしこ》まって正座のままだ。

「おぅおぅ、膝《ひざ》を崩しな、堅っ苦しくていけねえや、おいらの前ではいいんだよ」

へえ、と云っても二人とも端座《たんざ》している。今までも決して膝を崩したことはない。伊之助、弥吉らなりの主人に対する礼なのだろう。

「よぉし、聴かせてくんな。どうだった？」

刺身をぺろりと一口放りこみ、盃《はい》を干して身を乗り出した。

「アニさんから、お先にどうぞ」

弥吉がここでも兄貴分の伊之助を立てている。頷《うなず》いた伊之助が、

「旦那、やはり四人組ですぜ。ようやっと暮れ六つ（午後六時）で、まだ灯《あか》りが入《へえ》るかどうかの日暮れ時でさあ。お武家二人が先に歩き、その後をご大身《たいしん》らしき立派な身形《みなり》のお侍《さむれ》ぇが、ご家来一人従えて急ぐでもなくぶらりぶらりと」

弥吉が口を挟んだ。

「いきなり始まったそうで。キャア〜ッ、と叫びを聞いて丁度《ちょうど》居酒屋の提灯《ちょうちん》に灯を入れようとしていた小女《こおんな》が振り返るてえと、どこかの大店《おおだな》のお嬢さんらしいのが、のけ反《ぞ》ってぶっ倒れた。逃げようとした、風呂敷包みを抱えて従っていた丁《でっ》稚《ち》が、前を塞《ふさ》いだ侍ぇに抜き打ちで斬られ、掘割へ蹴倒されて落っこちまったそうで」

唾《つば》を飛ばして早口で喋《しゃべ》る弥吉を制して龍三郎が云った。

「おう、待ちな待ちな、丁稚も殺《や》られてたのか？」

弥吉が身を乗り出して、気の毒そうに云った。

「へえ、先程旦那方が行っちまった後、掘割から骸《むくろ》が引き揚げられやしてねェ……可哀《かええ》そうに、まだ十五になるかならねえかですぜ……」

「誰でも構わねえんだな、そいつ等は。時と場所と人を選ばずか……」

龍三郎が苦い酒を呷ったそのとき、お藤が銚子《ちょうし》二本と小皿に肴《さかな》を載せた盆を手に障子《しょうじ》を開けた。

「さぁさぁ、お待たせしましたねぇ。熱いとこ、飲《や》っておくれ。さ、伊之さん、弥吉っつぁん」

辰巳芸者、料理茶屋の女将《おかみ》上がりのお藤の銚子を持っての粋《いき》な勧め方に、

「へえ、怖れ入りやす、いただきやす」

二人揃って両手で持った盃を差し出し、酌《しゃく》を受けた。

「それで伊之。殺られたのぁ、どこの娘だ？」

「隣町、五郎兵衛町《ごろべえちょう》の小間物屋のお千代《ちよ》って看板娘で。祝言《しゅうげん》の日取りも決まっていたとかで、そりゃもう二親《ふたおや》の悲しみようったら……見ちゃいられやせんでした」

伊之助が目を伏せるのへ、弥吉が口を挿《はさ》んだ。

「旦那、そのぅ、『武士道不覚悟』って仰《おつしや》ってた、三つ銀杏紋《いちようもん》のお侍ぇですがね。お奉行所の高杉筆頭与力様が、武鑑てやつで調べた結果、備前岡山《びぜんおかやま》藩池田《いけだ》家三十二万石のご家中で、馬廻《うままわ》り組頭《くみがしら》戸田勇之進《とだゆうのしん》って、丁度、参勤上府中のお武家だと分かりやした。まだ藩邸に入って三日目で『意趣遺恨《いしゅいこん》を持たれるような覚えは全くござらぬ』と上屋敷中が大騒ぎなんだそうで……へえ」

「ふ〜ん。まだ幽霊と辻斬りが出るにゃあ早過ぎるそんな刻と、場所でなぁ。人に見られることを気にしてねえな、こいつ等は。早《はえ》ぇとこ始末しねえと、今後どれだけ泣きを見る人が増えるか分からねぇぞ」

「そ、その通りで」

伊之助、弥吉の両名が膝を進めて相槌《あいづち》を打った。

「で、殺られた方は分かった。殺った方の、つまり侍ぇたちの手掛かりは何か摑《つか》めたのか？」

「へえ、それが、皆目《かいもく》……煙のように消えちまって……すいやせん」

弥吉が頭を下げた。伊之助もそれに倣《なら》う。

「ふ〜む、何かいい智恵はねえか？　オメエたちも頭絞れ」

「旦那、こっちを狙わせるってなぁ、どうでげしょう？　あっしなら侍ぇたちに囲まれても逃げられやすぜ」

伊之助が得意そうに小鼻をうごめかせて云った。

「そりゃアニさんの足は天下一品だから、苦もねえでしょうが、おいらの足じゃ四方を囲まれたんじゃ……」

弥吉が不満そうに口を尖《とが》らせた。と、今まで手酌《てじゃく》で呑みながら黙って聴いていたお藤が、突如《とつじょ》口を開いた。

「アタシが囮《おとり》になって毎晩あちこち歩き廻ってみようか。そいつら、女も子供も侍も関わり無く、いつ、どこに出て来るか分からないんだろ？　向こうに狙わせなきゃ埒《らち》が明かないよ。後ろにお前様がくっ付いて来てくれたら、アタシだって大船に乗った気分で、安心して歩けるよ」

「お藤、お前も子供みてえなことを云うなぁ。そんな危ねえ真似《まね》をおいらがさせるわけねえじゃねえか。気持ちは嬉しいがな。まずはその辻斬り野郎らの素性を調べ上げねえことにはどうする術《すべ》もねえ」

「その通りでござんすねえ……」

思案投げ首の三人であった。

「次の犠牲者が出るまで待つより仕方がねえんですかねぇ？　ただ手を拱《こまね》いて……。情けねえなぁ、畜生《ちくしょう》めッ」

弥吉が歯嚙みして悔しがった。

二

「また辻斬りの出没だァ！　只今ご府内を騒がす辻斬り一味が、また出たよォ。女も子供も年寄りも関わり無し。意趣も遺恨もなしに、只々面白がって斬られちまう！　恐いねェ、恐ろしいねェ。暗くなったら外へは出ない事、出歩かない事！　この間斬られた五郎兵衛町の小間物屋の看板娘のお千代ちゃん。可哀そうにねェ〜。祝言の日取りも決まってたのに！　残されたお婿さんと二親の悲しみは如何ばかりか。さぁ、詳しいことはここに書いてあるよォ。一枚四文だよ！　さぁ、買った買った！」

大きな瓦版屋の声に、人々が群がっている。

辻斬り出没の噂《うわさ》は一瀉千里《いっしゃせんり》を走って、瞬《また》く間に御府内隅々にまで広がった。

瓦版屋《かわらばん》の読売《よみうり》は飛ぶように売れて、夜の江戸の町は火の消えた様に静かになった。殆《ほと》どの居酒屋が早仕舞いするせいで、余程《よほど》の急用以外は、夜間出歩く人々も途絶えてしまった。

さすがの浅草・両国《りょうごく》・深川など盛り場でも、人影はまばらになり、商売人は『あがったり』の状況だった。

非難の的は矢張り町奉行所に集中し、今月、半の目（奇数）の三月が当番月に当たる北町奉行榊原主計頭忠之は業《ごう》を煮やして、定町廻《じょうまちまわ》り同心たちの夜間見廻りを増やし、夜の警戒を怠《おこた》りなきよう厳しい下知《げじ》をした。

龍三郎としても、奉行榊原忠之から直々《じきじき》に斬り捨て御免状と特別手当を頂くお抱え隠密《おんみつ》同心の身分だ。お役目を果たすためには、単独で探索をし、成敗《せいばい》せねばならぬと心に誓い、腕を撫《ぶ》す日々を送っていた。

定町廻り同心たちは数組に分かれて、己の配下の岡っ引き下っ引きを供に従えて見廻りをすると、一旦はその厳しい見廻りの成果か、江戸の町にも平和が戻ったと感じられる数日が経過したのだが——。

しかし、矢張り出た。

まさしく、時、処、人を選ばず、大胆不敵《だいたんふてき》な凶行であった。

吉原《よしわら》堤で丸めた茣蓙《ござ》を抱えた夜鷹《よたか》が一人と、深川永代寺門前町《えいたいじもんぜんまち》の路地で大店の放蕩《ほうとう》息子らしき風情《ふぜい》の若者が一人、続けて二人が斬《き》り殺された。

刻限は五つ半（午後九時）を回ったかどうか——。

弥吉の知らせを聞いて、龍三郎もすぐさま伊之助を従えて現場に駆け付けた。状況と斬り口を己の目で確かめたかったのだ。

一人目は永代橋を渡ってすぐ、深川永代寺門前町——。

既に定町廻り同心二人が到着して、検視の真っ最中だった。

「あっ、これは結城殿、御苦労にござる。御覧の通りです、どう視《み》ますか？」

島田《しまだ》伊十郎《いじゅうろう》という若い同心が検死の場所を譲《ゆず》ってくれた。若旦那風の骸が横たわっていた。

「うむ？」

弥吉の差し出す御用提灯を取り、片膝ついて一瞥《いちべつ》し、龍三郎は訝《いぶか》しい表情で島田を振り仰いで云った。

「いや、こいつはほんとの下手人じゃねえぜ。見てみな、斬り口に鮮やかさがねえ。それに何より左利きじゃねえ」

「成程《なるほど》。云われる通りですな。今までは見事な左逆袈裟斬りだった」

ちょっと才気走りの気味がある、島田が訳知り顔で声高《こわだか》に云った。

「おい、島田、壁に耳あり障子に目ありって聞いたこたぁねえのか」

もう一人の歳嵩《としかさ》の同心木村平左衛門《きむらへいざえもん》が、周りの野次馬を見遣りながら戒《いまし》めた。

「おっと、いけねえ。つい口が滑ったい。秘密秘密」

と、お調子者の島田が、お道化《どけ》て己の人差し指を口に立てた。

「これを見てくれ」

と木村が袂《たもと》から黒漆《うるしぬ》塗りの印籠《いんろう》を取り出した。

龍三郎が受け取り、提灯の灯りにかざして見る。

「こいつぁ、三階菱《さんかいびし》……小笠原《おがさわら》家の紋だぞ。どうしてこれを……？」

「うむ、仏さんの躰の下に落ちていた……。腰にしがみついて最後の足掻《あが》きで捥《も》ぎ取ったものが落ちたとか……」

「うむ。それならば、いい手掛かりになりますなぁ。まず武鑑で吟味《ぎんみ》しねえことには……私はこれから吉原の方へ回ってみます。後は宜しく」

野次馬を掻《か》き分けて去ろうとするのを、弥吉に、旦那、と呼び止められた。

「あっしは残ってこの辺りをチョイと聞き込みに当たってみてぇんで。誰かが何か、見たり聞いたりしてるかも知れやせんし……」

「おぅ、そうしてくんな。伊之、行くぜ」

伊之助の持つ提灯の先導で吉原堤へ向かった。既に四つ（午後十時）を回った。

所々に常夜灯がぼんやりと灯《とも》り、人影は無い。吉原までは歩いて半刻だ。

吉原遊郭の大門が臨《のぞ》める日本堤《にほんづつみ》と呼ばれる土手の上を、向こうから、菰《こも》を被《かぶ》せた夜鷹の骸を戸板に載せ、前後を手下の万吉と下っ引きに持たせて運んで来る、轟大介とぶつかった。

「あぁ、結城さん、丁度よかった、これから隣町の伏見町《ふしみちよう》の自身番《じしんばん》まで運んで、そこできっちり吟味しようかと……ご一緒に如何《いかが》ですか」

「いや面倒だ。チョイと此処《ここ》に下ろして見せてくれねえか。なぁに直《す》ぐに済まぁな」

「はっ。おい万吉、下ろしな」

へえ、と岡っ引きの万吉が応えて戸板を地面に下ろし、菰を引き下げた。

「おぅ伊之、提灯を近付けな」

「へえ、これでよござんすか」

伊之助と轟大介の手下万吉は、以前阿片事件の折、元長崎奉行屋敷を一緒に張り込んだ仲だ。頷き合って互いが持つ提灯の灯りで、死骸を照らした。

幾筋か白髪が蒼白い頬にまとわり付いて、大年増《どしま》の女郎が怨《うら》めしそうな眼でこっちを睨《にら》んでいる。龍三郎は手を伸ばし、その瞼《まぶた》を閉じてやった。

「う〜む、こいつも違うな」

「は？」

「分からねえか。右、左、胴と滅多《めった》斬りだぜ。面白がって切り刻んでるみてえじゃねえか。それとも余程《よほど》の恨みがあるとかなぁ」

「成程、今までは、下手人は凄い左袈裟斬りでしたねェ」

轟大介が眉宇《びう》を顰《ひそ》め腕組みして考え込んだ。

「それと結城さん、下手人らしき奴等の目撃談を聞き込みましたよ。この吉原へ通う客が、四人の若侍と擦れ違ったそうです。そのあと、この死骸を発見して、届けたとか……」

「ふ〜ん、四人組の若侍か……ありがとよ、これだけ見せてもらえりゃ充分だ。先に帰《けえ》るぜ」

伊之助と共に、お藤の待つ八丁堀同心組屋敷へ足を向けた。

振り返り見れば、この辻斬り騒ぎの中でも、衣紋坂《えもんざか》を下って大門《おおもん》を潜《くぐ》った先の二百五十軒の遊廓《ゆうかく》には、この日も赤々と灯が灯り、その下で男女の歓楽の営《いとな》みが延々《えんえん》と続けられているのだ。

『行きはよいよい、帰りは怖い』にならねばいいが、と心配をする龍三郎であった。

三

翌早朝いつも通り、木刀での素振《すぶ》り、立ち木打ち込み千回、そして真剣での立ち居合い、斬り込みの孤独な鍛錬《たんれん》を終えて、龍三郎は八丁堀の湯屋桜湯に飛び込んだ。

朝風呂で、月代《さかやき》も髭《ひげ》もきれいさっぱり伊之助に剃《そ》ってもらい、久し振りに奉行所に顔を出すのだ。

愛刀〈肥後一文字〉の胴田貫大小二刀を帯に落とし差しに手挟《たばさ》み、お奉行拝謁《はいえつ》のため黒紋付の巻き羽織で、黒足袋に雪駄をチャラチャラと引き摺って奉行所の表門を入った。左袖は風に揺れている。

呉服橋御門内、北町奉行所――与力二十五騎、同心百二十名が勤めている。七千坪の広大な敷地に奉行役宅、御書院《ごしょいん》、吟味調べ所、お白洲《しらす》、仮牢《かりろう》、拷問蔵《ごうもんぐら》、同心詰め所、そして家臣の住居が軒《のき》を並べている。

龍三郎は奉行榊原主計頭忠之直属の隠密廻り同心として、斬り捨て御免状を拝受し、毎日の出仕に及ばずと、気侭《きまま》な仕官ぶりが許されているので、今日は久々のお奉行拝謁だった。三十俵二人扶持《ぶち》の微禄の身分が、役手当てを月二十両頂戴《ちょうだい》する破格の扱いで迎えられている。ゆえに、先輩、同僚の与力・同心たちからは、羨望《せんぼう》と畏敬《いけい》、ある種の嫉妬《しっと》の目で見られるのは致し方のないことか——。

「結城様、お早《はよ》うございます。お久し振りでございます」

門脇の中間部屋《ちゅうげん》から作蔵《さくぞう》が駆け付け、玄関式台前で腰を折った。

「おぅ、作蔵、元気そうじゃねえか。お奉行に取り次いでくれるか？　ご登城前で忙しいかな？」

この中間作蔵、奉行榊原忠之が五人の刺客に襲撃されて、あわやと思われた一瞬を龍三郎が救った折、木刀一本で己の身を捨てて奉行を救おうとしていた。

その健気《けなげ》な忠臣ぶりを見て、龍三郎は痛く感動し、以来目を掛けている。

「いえ、まだ少々……お上がり下さいませ」

「おっ、済まねえ」

勝手知ったる何とかで、案内に立つ作蔵を追い抜く勢いで廊下を踏んで、役宅から奥の居室まで通る。途中、作蔵に訊ねた。

「作爺、つかぬことを訊くが、妙《たえ》お嬢様は息災《そくさい》か？　訊けた義理ではないのだが……」

お奉行のご息女妙から恋情を掛けられ、父御忠之からも『わしも三男坊で織田《おだ》家からこの榊原に養子に迎えられたのじゃから』と榊原家への婿《むこ》養子入りを望まれたのだが、己の自堕落《じだらく》な暮らしぶりと、お藤のことも考え、自ら身を退《ひ》いたのだった。

龍三郎としては、妙の初々《ういうい》しい恋心を踏みにじったという負い目を感じていた。二人の心持ちを知る作蔵だから、気になっていたことを思いきって訊いた。

先を歩く作蔵が皺の深い顔で振り返って、嬉しげに云った。

「お喜びくださいませ。妙様ご祝言の日取り、相整《あいととの》ってございます」

「うん？　ほんとかい？　そいつは目出度《めでて》え。嬉しい話だなぁ。何処の誰とは訊かねえが……お奉行もこれでご安心だろう。俺みてえなやくざな男を婿養子にしなくてよかったじゃねえか。なぁ作蔵」

中庭に目を遣ると一年前と同じ桃の木の蕾《つぼみ》がほころび、中には桃色の花びらが開いているものもあり、馥郁《ふくいく》たる香りが辺りに漂っている。枝に止まった可憐《かれん》な鶯《うぐいす》の鳴き声も同じだった。

龍三郎はほっと胸を撫《な》で下ろし、頰《ほお》をほころばせて廊下を歩いた。

作蔵が居室の障子の前に跪き、静かな声で龍三郎の訪《おとな》いを告げた。

「殿様、結城龍三郎《りゆうざ》様がお見えでございます」

「何っ、龍三が？　構わぬ、通せ」

弾《はず》んだ声が障子越しに聞こえた。作蔵が、はい、と応えて障子を開けた。

十二畳ほどの居室の床の間を背に、五つ紋の裃《かみしも》袴《はかま》の颯爽《さつそう》たる登城姿の奉行榊原忠之が、脇息《きようそく》にもたれて茶を喫しながら端座していた。

毎朝四つ（午前十時）には登城し、老中《ろうじゆう》・幕閣《ばつかく》に拝謁して、事案の報告、以後の指示を受けるという日課が約されていた。

忠之の前に端座した龍三郎が、左腕は懐手、右手のみ畳に手を付き辞儀《じぎ》をした。

「お奉行、久しく顔も見せず、申し訳ございませぬ」

「おう、構わぬ構わぬ。音沙汰なしが息災の証《あかし》とか申すぞ。どうじゃ、その後、左腕の斬り痕《あと》の具合は？　痛みはせぬか？」

「はっ、ご心配ご無用、もう痛みもございませぬ」

「そうか、安堵《あんど》致した。で、その方のことだ、只今ご府内を騒がす辻斬り事案を探索してくれているのであろう。どうじゃ、探索の進み具合は？」

「はあ、昨夜の二名については合点《がてん》がいきませぬ。左利きの武士の試し斬りかと目星をつけておりましたが、昨夜の吉原堤の夜鷹は滅多斬り、深川の道楽息子は胴斬りと右袈裟斬りでございました」

「う〜む。おっ、そうじゃ。先日の武士道不覚悟の備前池田家、馬廻り組頭戸田勇之進な、病死届けが提出されて御公儀に受理されたそうだぞ」

「お家取り潰しではないのですね。いやぁ、他人事《ひとごと》ながら安堵致しました」

「龍三、その方は優しい心根を持っておるのう。剣を手にしたときとは偉い違いじゃ。わしはあの鬼神の如《ごと》き斬り方を目の前で見ておるからのう」

「恐れ入ります。あの折はお目を汚し、畳を血で汚しました」

「はっはっはっは、悪党退治のためだったら、幾らでも汚してくれ」

あくまでも磊落《らいらく》な奉行榊原忠之であった。

そのとき、障子の陰から作蔵の声が掛かった。

「殿様、そろそろ御登城の時刻でございまする」

「うむ。分かった……龍三、辻斬りの方は任せたぞ。思う存分腕を揮《ふる》え」

立ち上がった忠之に、はぁ、と龍三郎は右手を畳につき深く低頭した。

と奥の襖《ふすま》が開き、忠之の奥方の早苗《さなえ》が長い裾を引き摺って出て来た。

「お前様。もう玄関前には供の者が勢揃いして、お駕籠《かご》に乗るばかりでございますよ。何を御城へ出立前に結城殿とこそこそと……」

「いやいや、分かっておる。今出掛けるところじゃ。ではな、龍三」

途端に一回り身体が萎縮《いしゆく》した感じだ。町衆の間で世に云う『嬶ぁ天下《かかあてんか》』そのものだ。表では当代北町奉行と威勢を張っても、家内では婿養子の身で奥方の尻に敷かれ、肩身が狭いのだろう……。行きしなに龍三郎の耳元に囁《ささや》いた。

「奥向きのことは全て奥が仕切っておる故、身共《みども》にはとんと分からぬわ」

胸を張り虚勢を見せて玄関へ向かう忠之の背に辞儀をして送り、目礼して去ろうとする龍三郎に、早苗奥方の冷や水のような声が掛かった。

「結城殿、ご存じか、娘の妙が細川備中守《ほそかわびっちゆう》二千五百石御次男の新之丞《しんのじよう》殿と婚約相整い、祝言が決まりましたぞ」

立ち止まって背で聞いていたが、ゆっくりと振り返り、莞爾《かんじ》として云った。

「それは祝着至極《しゆうちやくしごく》に存じまする。何卒、お幸せであらせられますようお祈り申し上げます」

「ついては、妙がそなたに新調の着物を縫《ぬ》い、贈っていたなどと、表にはひと言もお漏らしなさらぬよう他言無用《たごんむよう》をお約束願えませぬか」

「申す訳もございませぬが、ご案じなきよう……手ひとつ握ったこともございませぬゆえ……今後、ご息女妙様には委細《いさい》お関わり致すことはございませぬ。誓って」

低頭して、早苗の冷ややかな視線を切って踵《きびす》を返した。心中では、安堵していた。

（お義母上《ははうえ》などと呼ばねばならぬ関係にならなくて良かった）

あわや、奉行榊原主計頭忠之の二の舞いを演じるところだった。

（婿養子、三膳目にはそっと出し……か）

身が竦《すく》んだ。

その足で同心詰所を通り過ぎ、非常取締掛り部屋へ出向いた。現在江戸の町で起こっている非常事態の案件の事務を取り扱う部署だった。

吟見方与力四騎、同心八名が詰めて皆、調べ書き帳を繰《く》り、無駄口ひとつ叩かず、しわぶきひとつ聞こえず、静まり返って職務に勤《いそ》しんでいる。

龍三郎が、ごほっ、と咳《せき》払いひとつすると全員が振り返った。敷居際で立ち礼で辞儀して、おもむろに云った。

「御用繁多《はんた》の折、申し訳ござらぬが、先日の辻斬り事件で残された三階菱の家紋、小笠原家のものと推察致しておりますが、こちらの武鑑では如何相成《あいな》っておりましょうか？　恐れ入りますが、何卒ご配慮を賜《たまわ》りたく……」

「おぅこれはこれは。我が北町奉行所の麒麟児《きりんじ》、結城龍三郎殿のお出ましか。さ、さ、どうぞ入られい、各々《おのおの》方、席を譲《ゆず》れ譲れっ」

四十より上、歳嵩の土屋甚五郎《つちやじんごろう》という与力が薄笑いを浮かべながら嫌味たっぷりに云った。禄高三百石で明らかに龍三郎ら同心たちより格は上だが、それを笠に若い同心たちを苛《いじ》める狭量《きょうりょう》な精神の持ち主として嫌われていた。龍三郎への対抗意識からか、何かに付けて絡《から》んで来る。

「高杉吟味方筆頭から、便宜《べんぎ》を図ってやれと聞き及んでおる。これかな？」

分厚い武鑑を、龍三郎の前に広げて見せた。

成程、家紋と家系図――。小笠原刑部《ぎょうぶ》直治《なおはる》、直参《じきさん》旗本二千石、次男坊に彦次郎《ひこじろう》という名が載っている。

（こいつだ）

龍三郎の直感力は鋭い。辻斬り騒ぎに便乗して神輿《みこし》を担ぎ出した、お調子者の放蕩息子だろう……。

「どうだ結城、こいつか？　こ奴が結城殿の次の刀の錆《さ》びとなるのかな？　斬り捨て御免状の執行じゃな、羨《うらや》ましいのぅ」

「土屋さん、ご自分で当たってみたら如何です。四人組らしいですぞ。敵《かな》いますかな?」

龍三郎も皮肉たっぷりに応酬してやった。遣られっ放しは我慢がならない。土屋甚五郎は途端《とたん》に鼻白んで、周囲に応援を求めるように云った。

「いやいや、拝見仕《つかまつ》ったことはござらぬが、結城殿は凄《すさ》まじい剣を遣うとか。のぅ、各々方、羨ましい限りじゃのう、わっはっはっは」

同調する者は居なかった。練兵館で代稽古で指南している同心も何人か座っていた。慕《した》っている龍三郎と上役土屋の板挟みにあって、どう反応すべきか悩ましい処だろう。

龍三郎は同じ部屋で息を吸う彼等に同情の念を禁じ得なかった。

「では、各々方、失礼仕《つかまつ》る」

故意に丁寧に辞儀してその場を去った。

土屋甚五郎の配下を叱咤《しった》する浅ましい罵《ののし》り声が後を追った。

「何を阿呆面《あほうづら》して見送っておる! 調べ書きを整えろ、莫迦《ばか》者めッ」

何処にもこういう輩《やから》はいるものだ。

（哀れな奴……）龍三郎は思った。

四

上野新黒門町《しんくろもんちょう》、白土塀の連《つら》なる武家屋敷――。

お目見え直参旗本二千石、小笠原刑部直治の表門の斜向《はすむ》かい、松の古木の陰に忍んだ弥吉の姿があった。龍三郎に命じられて、伊之助と交代で見張りに立っていた。

ひっそりと静まり返った武家小路なので、人通りもなく、町人が佇《たたず》んでいることと事態が目立って仕方がない。どのように気配を消し、足音や人の来る気配を感じたら、どう姿を隠すか、気を使う難しい張り込みであった。

五つ（午前八時）から二刻（四時間）ばかり、何の動きもない。

九つ（午後零時）、伊之助が竹の皮に包んだ握り飯を持って、様子を見に来た。お藤の心遣いの弁当を運んで来たのだ。

「弥吉っつぁん、どうでえ、様子は？」

隣にしゃがみ込んで、一緒にたくあんと昆布《こんぶ》の煮しめをお菜《かず》に握り飯を頬張り、竹筒から茶を呑む。

「うん、四つ（午前十時）頃だったか、出入りの商人らしいのが、顔を見せたっきり全く音沙汰なしだ。……もうぽかぽか暖かくって居眠りしそうだぜ」

「おいらが代わろうか？　髪結いの仕事も終わったことだし……」

「アニさん、そりゃいけねえ、あっしの受け持ちは七つ（午後四時）までだ。それまでアニさんはゆっくりしてくんねえ」

「そうかい、じゃ、そん時にまた来らぁ」

伊之助はあっさりと、風のように去った。


七つ（午後四時）——春の日は長い。西の空にまだ陽《ひ》は高く、暮れるまではまだ一刻ばかりか。弥吉の耳が雪駄を引き摺る足音を捉えた。聞き込みだけではなく、どんな些細《ささい》な音も聞き逃さない地獄耳の異名を取る弥吉だ。

間違う筈《はず》はない。それも一人ではない、二人、いや三人だ。

素早く三間（約五・五メートル）後ろに離れた曲がり角の土塀に張り付いた。片目を覗《のぞ》かせ窺《うかが》うと、まさしく三人の若い侍が高笑いしながら向かいの角から姿を現わした。皆、紋付羽織袴の御家人風——。

と、肩をぽんと叩かれ、ぎょっとして振り返ると、伊之助の扁平《へんぺい》な顔が目配せしながら頷いていた。弥吉は顎《あご》をしゃくって入れ替わって場を譲った。覗き込んだ伊之助が振り返って、当たり、と囁いた。弥吉も伊之助の後ろから肩越しに覗き込む。

一人の侍が、小笠原家の表門脇の通用口の潜り戸をこつこつと叩くと、微《かす》かに軋《きし》んで潜り戸が開いた。年老いた中間が顔を出し、低頭して大きく潜り戸を開くと、三人を招じ入れた。

伊之助が振り返って云った。

「弥吉っつぁん、家紋は判《わか》ったかい？」

「いや、あっしにはさっぱりだった。伊之さんはどうなんだい？」

「おいらだって、お武家の家紋なんざさっぱりだぁな。よし、これからはおいらの番だ、弥吉っつぁんは帰《けえ》っていいぜ」

「何を云ってるんだい、ようやっと動き出したんだ、これから奴等ぁ出掛けるかも知れねえ。アニさん一人じゃ手に余るぜ、あっしも付き合うよ」

「そうかい、じゃおいら、中の様子を探ってくらぁ」

と云って、伊之助は裾を捲《まく》って尻端《しりはし》折《よ》りした。

「おぅおぅアニさん、探るったっておめえ……いくら韋駄天《いだてん》でもこの高《たけ》ぇ土塀は……」

「ふっふっふ、まぁ見ててくんねえ、以前旦那と一緒に、武家屋敷の天井裏まで忍び込んだこともあるんだぜ」

云うと、駆けて行って、小笠原家の九尺（約二・七メートル）はあろうかという高さの土塀の真ん中辺りをぽんと片足で蹴って、宙を飛んだ。瓦葺《かわらぶ》きの塀の上に飛び乗り、猫のように蹲《うずくま》ったのだ。

弥吉はあんぐりと口を開けて仰天している。韋駄天といわれる伊之助が以前は腕っこきの巾着切りだったこと、もしかしたら盗人《ぬすっと》だったかも知れないこと……まだ前身が何者だったか聞き及んでいないのだ。

それは伊之助とて同じこと、弥吉の左腕肘下部に前科者の証である二筋の入れ墨が入り、手拭いを巻いて隠しているのは知っているが、その経緯《いきさつ》は知らない。

お互いが過ぎた昔には触れぬようにしているのだ。

その伊之助が土塀の上から振り返ってニコッと笑い、手を振ってひょいと塀の内側へ飛び下りて姿を消した。

あとは、夕暮れどきの静寂のみ——。

一刻後、茜《あかね》色に焼けた夕空が、蒼《あお》く暮れなずんで陽も落ちる頃、弥吉の見詰める土塀の上に再び、伊之助の姿がひょいと現われた。

左右の小路を見渡し、人影の無いのを確かめて、音もなく石畳に飛び下り、端折った裾《すそ》を下ろしながら弥吉に近付き、小声で囁いた。

「奴ら酒盛りを始めやがった。もう今日は出掛ける気配はねえな。どうやら此処の極道息子が頭らしいや。もう帰ろうか」

「いや、アニさんだけ帰ってくんな。あっしはもうチョイ……四つ（午後十時）までは張り込んでみらぁ」

「おめえも堅ぇなぁ。よ～し、おいらも付き合うぜ。一人より二人の方が寂しくなくていいや、なあ」

二人して土塀に寄り掛かり膝小僧を抱えて再び張り込み体勢に入った。

暫《しばら》くすると、チャラチャラと石畳を引き摺る雪駄の響きが――。

「あれぁ……、旦那の歩き方だぜ。俺の耳は聞き間違《まちげ》えはしねえ」

弥吉がすぅ～と立ち上がり、右側の曲がり角を注視した。と、薄暗くなった小路を、〇に三つ引きの紋が入った提灯の灯りが曲がって来た。

左肩が下がり、左足の雪駄だけ引き摺った歩き方――間違いない、龍三郎だ。大小二刀を帯びた腰への重み、そして今は左腕がないあの懐手。この特徴的な歩き方は――。

「旦那だ！　龍三郎の旦那だ！」

弥吉と伊之助は嬉しくなって、音の立つのも構わず小躍《こおど》りして駆け寄った。

丈長の紺色紬《つむぎ》の着流しをぞろりと着て、裾を蹴るように素足に雪駄履き。左袖をなびかせて右手に提灯を提げた龍三郎の姿が立ち止まった。

駆け寄った二人に、

「御苦労だったな。どうでえ、様子は？」

手下思いの優しい口調で訊いた。伊之助が応える。

「へえ、あっしが軒下に潜り込んで聞いた限りじゃ、もう奴等は外へは出ませんぜ。酒盛りを始めやがったから……」

「何でぇ伊之、今度は天井裏じゃなくて軒下か。ふーん、じゃこちとらも切り上げて酒盛りと行くか？　一杯《いっぺえ》呑みてえだろ。おう弥吉、おめえの女房が営《や》ってる小料理屋、この近くだろ？　そこへ行こうじゃねえか」

「えっ、あっしの嬶《かか》ぁの店へ？　旦那ぁ、そりゃ嬉しいけど、ウチの嬶ぁの野郎が腰抜かしちまいますぜ。それに小汚ぇ店で……」

「いいってことよ。まだおめえの女房殿のご尊顔を拝し奉《たてまつ》ってねえしな。さあ、どっちだい？」

「そうですかい……。へえ、じゃあこちらへどうぞ」

恐縮し切った弥吉が先導し、一路、神田連雀町へ――。

道々、伊之助が軒下で聴いたネタを龍三郎に報告しながら歩く。

「直参旗本の次男坊、三男坊の集まりでさぁ。明日は朝から千葉道場へ稽古に行くみてえなことを話しておりやしたねえ……何しろ軒下っていうのぁ天井裏より聞き取り難《にく》いでやすねえ。針の落ちた音も聞き逃さねえ弥吉っつぁんの地獄耳なら別なんだろうが……」

「ふ〜ん、神田お玉ヶ池、玄武館。北辰一刀流か……よし、明朝、俺も付き合うぜ。千葉周作道場だな」

そうこうする内に、神田川沿いの柳原《やなぎわら》通りを、浅草御門から、筋違橋《すじかいばし》まで四半刻――。筋違御門を右手に見て八つ小路に突き当たった。

左に折れて、須田町《すだちょう》から連雀町――もうこの辺りに来ると人の流れも多く、辻斬り騒ぎも一段落《いちだんらく》したかのような感も深い。居酒屋、料理屋、屋台が軒を並べ、軒に吊るされた提灯の灯りが、うろうろしている独り者を手招きしているような魅惑的な風情《ふぜい》に、心も浮き立つようだ。

〈小料理吹きよせ〉と水色の暖簾《のれん》の掛かった間口九尺の小さな店の前で弥吉が立ち止まった。

「旦那、ここでさぁ。ご足労をお掛け致しやした。へえ、どうぞ」

と云って、ぽんと暖簾を跳ね上げ、奥へ声を掛けた。

「お袖《そで》、今帰ったぜ」

「お帰りィ。早かったねぇ、お前さん」

下を向いて俎板《まないた》をトントンと小気味いい音をさせて何か下拵《ごしら》えの最中だろう、包丁を使っているらしい女の声が応えた。

「おぅ、お袖、結城様をお連れ申し上げた。ご挨拶しねえかい！」

「えっ？」

上げた顔が一瞬でポカンと固まった。直ぐ立ち直ったらしく、

「まぁ旦那様ァ、ようこそこんな汚い小さなお店へいらっしゃいました。ささ、どうぞどうぞ」

紅い前掛けで手を拭きながら、調理場との境の縄暖簾を掻《か》き分けて出て来たの

は、化粧ッ気はないが、小股の切れ上がった、粋な女だった。

「さぁ旦那、こちらへお座りなすって。伊之さんもどうぞこちらへ」

弥吉が、しおらしく四人掛け呑み台の床机《しょうぎ》を勧めた。

「お袖、目一杯腕振るってな、旨《うめ》えものを出してくんな。酒が先だぜ」

「あいよ。お前さん、ちょっと」

弥吉の袖を引いて奥の調理場へ入り、ひそひそと話し出した。

龍三郎が見回すと、奥に一坪ほどの調理場、二坪ほどの土間に呑み台が二卓、八人で満席の小料理屋だった。

そんなこと急に云われたって、いいから早くしろい、と押し殺した声で言い争う夫婦の声が漏れ聞こえた。何か戯《じゃ》れ合っているようにも見えた。

「お～い、女将さん、お袖さん。肴は何でもいいんだよ。急に来ちまって悪かったなぁ。なぁに酒だけ呑ましてくれりゃぁいいんだぜ」

「へ～い、お待たせ致しやした。灘《なだ》の生《き》一本、熱燗ですぜ。お袖、お注ぎしねえかい」

銅壺《どうこ》から上げたチロリを二合徳利《とっくり》に移し、盆に載せて弥吉が運んで来た。

龍三郎が徳利の酒を猪口《ちょこ》に受けながら云った。

「いいんだいいんだ、気を遣わねえでくんな。ふ〜ん、灘の生一本か。灘の男酒、京伏見《ふしみ》の女酒ってな、キリッと辛《かれ》ぇのが灘酒よ、ちょいと甘《あめ》ぇのが伏見の酒だ。おいらぁ、辛口が好みだぜ」

弥吉の後ろから、後《おく》れ毛を搔き上げながらお袖が顔を覗かせた。

「旦那様、弥吉の女房お袖と申します。ウチの亭主がいつもお世話になっております。その上に過分のお手当を頂戴致しまして……ふつつか者ではございますが、おひとつどうぞ、お酌を」

「お〜ぅ、済まねえ済まねえ。弥吉、よく出来た女房殿じゃねえか。おめえにゃ勿体《もつたい》ねえや。なぁ伊之」

隣でぽか〜んと口を開けて見惚《みほ》れていた伊之助が、慌てて猪口を差し出し、

「へえ、あっしは不調法《ぶちようほう》なもんで、ただ好きってだけで、すぐ茹《ゆ》で上がった蟹みてえに真《ま》っ赤《か》になっちまうんで。へえ、頂きやす」

「はっはっは、茹で蛸《だこ》じゃなくて、茹で蟹か、分かってるじゃねえか、え、伊之、はっはっはっは」

龍三郎が楽しげに大口開いて笑った。

「さ、アニさん、もう一杯」

向かいに腰掛けた弥吉が徳利を手に伊之助へ勧《すす》めた。

「弥吉っつぁん、オメエも人が悪《わり》ィ。おいらが下戸《げこ》だってぇのは、知ってるじゃねえか」

「まぁまぁまぁ伊之助、こんな機《おり》は滅多にねえんだ。今晩くれぇは酔っ払っちまっていいんだぜ。おいらが負《お》ぶって連れて帰ってやるよ」

伊之助は、八丁堀組屋敷の龍三郎の家の玄関脇の六畳間に寝起きしている。

「そ、そんな、勿体ねえ。何を仰《おつしや》いやす。這《は》いずって帰りまさぁ」

伊之助がもう赤く染まった頰を掌で撫でて云ったとき、裏口から声が、

「あっ親分、お帰りなせえ。こんなとこでどうでやんしょう？　今、女将さんから急に云われて、活きのいいのを引っ摑んできやしたが……」
十六、七歳のまだ前髪も剃り落としていない太り気味の大柄な小僧が、笊《ざる》を抱えて裏の調理場から入って来た。
「おぅ御苦労だったな。旦那ァ、こいつは源太《げんた》っていう隣に住んでる棒手振《ぼてふ》りで、日本橋の市場で仕入れた浅蜊《あさり》や蜆《しじみ》を売って歩いておりやす孤児《みなしご》で。あっしが目を掛けてる小僧っ子でさぁ。おい源太、俺のご主人、八丁堀の結城龍三郎様だ。ご挨拶申し上げろィ」

「げっ、こ、このお方が！」

途端に源太は土間に這いつくばって頭を擦り付けた。

「親分、いえ、旦那様、おいらを下っ引きの一人に加えてやっておくんなさい。命を懸けて、独楽鼠《こまねずみ》のように働きやす。お手当てなんて要らねえんで……ただ、子分の一人に使ってやっておくんなせえ、お願《ねげ》ぇ致しやす」

土間に付いた両手の指が土を掻《か》きむしり爪の間が真っ黒に汚れていた。その上に笊からこぼれ逃げ出した泥鰌《どじょう》がのた打ち回っていた。

「おいおい、折角《せっかく》の泥鰌鍋が台無しになっちまわぁ、早く拾いな」

龍三郎が云うより早く、お袖と弥吉がしゃがみ込んで泥鰌を摑み上げた。

「お～い、お袖さん、まだ開けたばっかりだが、店仕舞いして内輪《うちわ》だけで一杯飲《や》ろうじゃねえか、初めての顔合わせだ。その源公も一緒にな」

「えっ？　ええっ！　じゃ、いいんですかい、お許し頂いたんで？　わぁ～い！」

跳び上がる源太を、皆んながニコニコと見上げながら楽しい宴《うたげ》が始まった——。

五

翌朝五つ半（午前九時）頃、神田お玉ヶ池、玄武館道場の武者窓を覗く龍三郎の姿があった。傍《かたわ》らに手下の岡っ引き弥吉も従っている。伊之助は桜湯で髪結いの仕事だ。

千葉周作、十六歳の時、下総《しもうさ》国松戸《まつど》に在った小野派《おのは》一刀流《いっとうりゅう》の剣豪浅利又七郎《あさりまたしちろう》道場に入門し、忽《たちま》ちその天賦《てんぷ》の才を発揮して免許皆伝。その後諸国を廻って武者修行を重ね、一度も負けた事なく、各地に弟子入り志願者が増え、遂に日本橋品川町に自身の道場・玄武館を開いた。

千葉家に伝わる北辰夢想流《ほくしんむそうりゅう》と、学んだ伊藤一刀斎《いとういっとうさい》の一刀流を融合させて、北辰一刀流を立ち上げたのだ。北辰とは北極星のことで、その化身とされる妙見《みょうけん》菩薩《ぼさつ》を信仰していたことに由来する。

周作は従来の木刀による組太刀から、防具を着用した竹刀による打ち込み稽古に変更し、目録もそれまでは八段階、取得まで十年費やしたものを、三段階五年の修行で与えると簡略化した。その安全性と共に、今まで武士だけのものとされた武術の門戸を広げたため、農民、町民を含めた入門者が引きも切らず、門弟の総数三千人にも及び、収容しきれなくなって三年後、此処お玉ヶ池に移転し、百畳を超える大道場を構えた。

武士のみならず町人、農民が入り乱れて、竹刀を叩き合っている。流石《さすが》に江戸一番の人気を誇る剣術道場というのも頷ける繁昌《はんじょう》ぶりだった。打ち込む竹刀の叩きあう音と攻守の喊声《かんせい》が耳を聾《ろう》するばかりだ。

弥吉は指を両耳の穴に突っ込んで塞いでいる。聞こえ過ぎると頭痛が起きると云う。『自慢じゃありやせんが、一丁先のひそひそ話でも聞こえますぜ』と自慢していた。板間に落ちる針の音は勿論だとか……。

一段高い上座に端座しているのが恐らく道場主の千葉周作だろう。齢《よわい》四十半ば、六尺を超える偉丈夫《いじょうぶ》、眼光鋭く——筋骨隆々の精悍《せいかん》な風貌《ふうぼう》だ。

隣に座る見目麗しき女性は誰だろう。丸髷に結った女人が籠手のみ着用して端座している。

女だてらに鋭い眼《まなこ》で道場内を見回し、門弟たちを叱咤《しった》し、教示している。

因《ちな》みに、北辰一刀流玄武館、実弟千葉定吉《さだきち》の道場では、幕末に暗殺された清河《きよかわ》八郎《はちろう》、新撰組の山南敬助《やまなみけいすけ》、藤堂平助《とうどうへいすけ》、伊東甲子太郎《いとうかしたろう》らと、幕臣山岡鉄舟《やまおかてつしゅう》も修行していた。後には、あの坂本龍馬《さかもとりょうま》も北辰一刀流で修行したのだ。

（大した稽古をしていねえ、これじゃ竹刀で叩き合って戯《じゃ》れているだけに見える。躰を打たれても痛くも痒《かゆ》くもねえ。だから門弟が三千人も集まるんだ。神道無念流の荒稽古とは月とスッポンだぜ）

龍三郎は内心で思った。

「おい弥吉、昨日の小笠原屋敷を訪った侍ぇ三人の顔は見分けたか」

「いえ、皆んな、面当てを被ってるんで、見当が付きやせんや」

弥吉が背伸びして窓格子にしがみ付いて覗きながら云った。

と、背後から突然声を掛けられた。

「貴公、我等の北辰一刀流にご興味がおありか。先程から熱心にご覧になっておられる。かように外から覗くのではなく中へ入られたら如何かな？」

白刺し子の稽古着を汗で濡らした門弟らしき偉丈夫が二人立って、柔和《にゅうわ》な言葉付きとは裏腹に、睨むような目つきで立っていた。もう小半刻も武者窓から鋭い眼で見続ける龍三郎を見咎《みとが》め、気になってのお出ましだろう。

龍三郎を着流しの伊達男と侮ったか……。

道場へ引き擦り込んで、チョイと傷めつけてやろうかとの下心が垣間《かいま》見えた。

「恐れ入ります。ではお言葉に甘えて遠慮無く」

後ろに控える弥吉に顎をしゃくり、門弟に続いて玄関式台で雪駄を脱ぐ。

「差し料をお預かり致す。ほう、胴田貫を……。見事な」

「おぬし、刀の目利きをなさるか。左様、胴田貫でござる。少々尺が短いがな」

自虐的に云って、龍三郎は右手で左腰から抜いた二尺一寸の大刀と一尺八寸の脇差を門弟に預けた。

この時代、幕府公用刀は刃渡り二尺二寸五分（約六十七・五センチ）と定められていた。戦国時代、また、幕末期には三尺の長さの大刀がもてはやされた。戦国の武将や、土佐の人斬り以蔵《いぞう》、薩摩《さつま》の田中新兵衛《たなかしんべえ》らはこの長尺刀を自在に操って天誅《てんちゅう》を重ねたという。

通常は、武士は左手で刀を帯から抜き右手に持ち替えて預けるのが礼儀であったが、左手は懐手の侭の龍三郎に無礼な態度と見たのだろう、門弟二人は邪険に顎をしゃくって上座を指し示した。

弥吉を式台脇の道場板間に控えさせ、千葉周作が端座する上座へ案内された。片懐手で神棚に拝礼し、板間に正座した。さぞ傲岸不遜《ごうがんふそん》に見えたことだろう。

「いずれのご家中かな」

穏やかな口調で千葉周作に質された。

「いえ、直参旗本三男坊、剣術修行中の者、思わず武者窓から稽古に見惚れて居り申した。御無礼仕《つかまつ》った」

「いやいや、お見事な心構え。して剣は何流を？」

「それがし、神道無念流を少々……結城龍三郎と申す者」

嘘は嫌だった。幼少の頃から『嘘偽りを申すは武士の名折れ、正直が一番ぞ』と父、兵庫之輔《ひょうごのすけ》から厳しく躾《しつ》けられていた。正々堂々と流派と姓名を名乗り、それで負ければ仕方無し……。

「おお、練兵館でご修行を。して本日は、他流試合をご所望かな」

この当時は他流試合が横行していた。

「出来ますれば……素面、素籠手の防具無しで」

「ほほう……それはまた、思い切った試合の申し入れ……貴公、お怪我《けが》をしても当方は与《あずか》り知らぬぞ。御覚悟は？」

流石《さすが》千葉周作、廻国修行で荒っぽい試合を数多くこなして来たのであろう、眉《まゆ》ひとつ動かさず泰然自若《たいぜんじじゃく》としたものだ。

龍三郎もどこ吹く風と軽く受け流した。

「如何様《いかよう》にも。早速、一手御指南を」

「まぁまぁ、そうお急ぎなさるな。そこもと、左手はどうなされた。……それが此度《こたび》の如《ごと》く無鉄砲な試合申し入れの結果なのでは？」

龍三郎の口辺にうっすらと笑みが零《こぼ》れた。

（心の動揺を誘っている……）

「まあ、お聴きすまい。お仕度は？」

「このままで結構」

「ううむ？」

途端に千葉周作の目尻がぴくぴくと震えた。そして道場内を見回し、腹に響く大音声《だいおんじょう》で呼ばわった。

「誰かある、お相手致せぇ！」

若くして人格者と聞いていた千葉周作が、顔を紅潮させて、膝上に握った拳の関節も白くなっている。

ぞろりとした着流し姿で、稽古着にも着替えぬ厚かましい奴め、と、腹の中は煮えくり返っていたことだろう。その場に居合わせた五、六十人の門弟たちはこの上座で交わされる異様な雰囲気を感じ取り、一人、二人と竹刀を置き、面籠手を外し、汗を拭きつつも、状況如何なるべしやと興味津々《しんしん》の態《てい》で壁際に居並んでいる。

「誰かお相手せぬかッ」

おお、と名乗り出る者は居なかった。業《ごう》を煮やした周作が、握った扇子でピシッと己の膝を叩き、

「なればこちらから指名するぞ……師範代、小笠原彦次郎、出ませいッ」

(ヤツだ！　三階菱紋、小笠原刑部次男、彦次郎！)

門人一同の視線が右壁際に座る色白瘦身の男に集中した。

「はっ、拙者、只今の打ち込み稽古中、村山《むらやま》との足絡みにて足首を挫《くじ》いた模様で……ウウム」

痛がる素振りに、道場主周作の手に握った扇子がまたもピシッと鳴った。

「埒《らち》もない。次ッ、村山、村山要蔵《ようぞう》。その方日頃の大言壮語《たいげんそうご》、試してみるか？」

「はっ、是非《ぜひ》にもお相手仕る。拙者も防具なしで」

道場内にどよめきが潮騒のように広がって行った。

「自惚《うぬぼ》れるな！　しっかりと面胴籠手着用して、結城殿の指南を仰《あお》げッ」

周作の一喝に、はっ、と応え素早く防具を着け始めた。

龍三郎がすぅと立ち上がり板壁に架けられた木刀を一本手に取り、ビュッと素振りして振り返り、

「それがしは木刀で宜《よろ》しいかな、日頃竹刀稽古は致してはおらぬ故、勝手が分かり申さぬ。宜しければ、そちらも木剣でどうぞ」

道場内の呟きはさざ波のように広がり、騒ぎは一段と大きくなり、猪口才《ちょこざい》な、傍若無人《ぼうじゃくぶじん》な奴、懲《こ》らしめてやれっ、など喚《わめ》き声と村山を叱咤激励《げきれい》する声が飛び交《か》った。

ぬぅ〜と立ち上がった村山要蔵、身の丈六尺を超す大兵漢《だいひょうかん》だった。悠然と刀架けから一本の木刀を選び取って三、四回鋭く素振りをくれて、

「では拙者もお言葉に甘えて、木刀でご指南頂く。そちらはその侭で宜しいのかな」

発する言葉は静かだが、叩っ殺さずにはおかぬという気概が感じられる。

「武士に二言はござらぬ、ご随意に」

おお〜ッ、と一気に道場内の空気は熱し、興奮と緊張感が漲《みなぎ》った。

（生死を懸けた大勝負になる……）

上座から周作の声が掛かった。

「待たれいッ、まこと怪我を負うか、また、打ち所が悪ければ命を落とすやも知れぬ。互いに誓紙を交わされては如何？」

「斟酌《しんしゃく》無用に御願い申す。いざ」

「相分かった。結果がどうあれ、いずれも禍根《かこん》を残してはならぬぞ」

との周作の声を聞き流して、両者蹲踞《そんきょ》した。

剣先を交《まじ》え、立ち上がるや否や、ドドッと村山は跳び下がって間合いを三間も開き、

「おうりゃ〜ッ」

と腹に響く雄叫《おたけ》びを上げた。

龍三郎はいつも通りの右手一本の地摺り下段の構え——。

静謐《せいひつ》の気が辺りに漂い、波静まった鏡のような水面《みなも》に己の身を置いて、道場内の空気を支配している。

片や、村山は正眼の構えで剣先を龍三郎の眉間に付けて、イヤァ〜、ウオ〜、と気合の喊声鋭く、打ち掛かると見せては間合いに入ったり退《ひ》いたり、右足爪先《つまさき》が忙しく前後して左右に動く。木刀を握る手を小刻みに休み無く震わせ、剣先はまるでセキレイの尾が震えるようだ。

（これが『技の千葉』なのか？）

『位《くらい》の桃井』『力の斎藤』と並び、江戸庶民の間で評判を呼んでいた。

面当ての隙間から覗く眼は爛々《らんらん》と光り、殺気も顕《あら》わに隠そうともせず、隙を窺《うかが》って右に左に位置を移動する。

龍三郎は静かに、村山をいつも正面に置くように向かい合い、気は発していない。無音無息の静謐の中に、己を無心の状態に保っている。

暫くその状況が続くと焦れた村山が堪《たま》らず床板を荒々しく踏み鳴らして、上段から打ち込んできた。

後《ご》の先《せん》だ。龍三郎の木刀が下段からカキッと音立てて擦り上げ、一瞬間で村山の頭頂部を打ち据えた。

秘剣――龍飛剣。

「ま、参ったッ」

村山が悲鳴ともつかぬ声を上げ、一間ほど横に素っ飛び、木刀が道場の床をカランカランと音立てて転がった。

おお～っ、と道場中が息を呑み、門弟たちは半立ちとなって身を乗り出した。

小半刻も経てばいくら面当てを着用していても、村山の頭部は割れるような痛

みに襲われるのは必定《ひつじょう》だ。そのとき、傍らから、

「次はわたしがお相手を！」

凛《りん》とした声が響いて、先程から千葉周作の隣に座していた女性《にょしょう》が立ち塞がった。まなじり決して挑戦しようとするその勝気な顔は美しかった。

「いや、それがし、女人《にょにん》のお相手は御免蒙《こうむ》る。気も腕も鈍《にぶ》る」

「女とお思いくださるな。いざ」

無理にも立ち合おうとするその気迫は女にしておくには勿体ない。

「巴、もう良い。奥へお通し申せ」

千葉周作の鶴の一声でこの場は収まった。

（ははぁ、これが最初の師、浅利又七郎の養女巴であったか）と思い至った。師の養女を妻《めと》として娶ったが、独自の流派を創始したいと考えていた周作は、師と対立し、破門を言い渡されてしまう。妻の巴を伴ってその足で廻国修行に旅立ったのだ。

剣でも夫周作をよく理解し、共にこの玄武館の隆盛にも手を貸している。まさに夫唱婦随《ふしょうふずい》――。周作との間に、奇蘇太郎《きそたろう》、栄次郎《えいじろう》、道三郎《みちさぶろう》、多門四郎《たもんしろう》の四子を儲《もう》けたが、いずれも剣の天稟《てんりん》に恵まれ、中でも栄次郎は、父周作を凌駕《りょうが》すると謂《い》

われ、その突き業は抜群で、二段突き、三段突きは無類であったという。が、皆夭折《ようせつ》してしまった。

門人が一人小走りに、道場左奥の引き戸を開け、片膝突いて低頭して待つ。

「拙者の差し料をお返し頂きたい」

門弟の一人が胴田貫大小を抱えて持ち、差し出す。

脇差を帯刀しながら、玄関脇に控える弥吉に、待っていろ、と目で合図した。

股の間に両掌を挟んで、へえ、と弥吉の口が動いて頷いた。

大刀を右手に長い廊下を踏んで奥座敷に招じ入れられ、千葉周作、妻巴と向かい合って端座した。門弟が茶菓子を載せた盆を持って畳の上に置いた。

それを巴が膝を進め、各々の前に置く。

「さ、喉を潤おしくだされ。それにしても、恐ろしい剣を遣われる……感服《かんぷく》致し申した」

周作は音立てて茶を啜《すす》り、目を細めて龍三郎を凝視する。

「しかし何故、そこもとは、強引に他流試合を仕掛けられたのかな?」

「恐れ入ります。実を申せば、それがしは、北町奉行所の隠密廻り同心でござる。只今、このお江戸を騒がす辻斬り事件の探索に当たっております」

「おぅ、聞き及んでおります。残忍非情、老いも若きも、男女の区別なく、手当たり次第の悪辣《あくらつ》な所業、許せませんなぁ。それが我らの道場と何らかの関わりがござるのかな」

「はっ、まだ確証を摑んだわけではござらぬが、手掛かりの家紋が一致するご門弟が……」

「何と！　我が道場の門弟の中に下手人が！　その所業断じて許せませぬッ」

妻の巴が蒼白になって、稽古袴の膝を握り締めた。

「いやぁ、まだはっきりしたこたぁ、分からねえんですがね」

堅苦しい武家言葉が嫌になって龍三郎は本性を現わし、茶をずずっと啜った。

「あなた、そんな奴はこちらで探し出して、御目付に差し出しましょう。お家断絶、切腹ものです」

妻の巴が顔を真っ赤に上気させて、周作に進言し、唇を嚙《か》んだ。

「いや、ただの腕試しか、新刀の斬れ味試しか、騒ぎに便乗《びんじょう》したお調子者か、まだ何とも……」

「いずれにしても、剣術道場の我らが下手人探しでもあるまい。御目付にお任せするより致し方ない。結城殿、お知り合いになれて光栄でござった。また、何時の日か、お手合わせをお願い申す」

　千葉周作、礼を尽くしての挨拶であった。

「恐れ入ります。では」

　龍三郎も丁寧に辞儀して立ち上がった。


　帰り道、弥吉が興奮を抑えきれずに云った。

「旦那、見ましたぜ。三階菱の紋、小笠原彦次郎は、旦那がやっつけた村山某《なにがし》と、あと二人若ぇので群れておりやした。この前の放蕩息子と夜鷹殺しは、あいつらに違いありやせん。ツラぁはっきりと頭に刻み込みやした。もう忘れるこっちゃありやせん。明日から伊之助さんと見張りに立ちやす」

「そうしてくんな。よし、今日は引き揚げようぜ。乗り込んだ収穫があったじゃねえか」

「あっしは此のまま奴らの後を尾《つ》けて、せめてあと二人の名前と住まいを確かめまさぁ」

「よし、帰ったら、伊之助ももう髪結いの仕事は終わってるだろう、手助けに駆け付けさせるぜ。奴の足ならあっという間だ」

「へえ、玄武館道場の前で待っておりやす。そいじゃ」

弥吉は獲物を狙う猫のように、しなやかな動きで人混みに紛《まぎ》れた。

四つ半（午前十一時）、春の陽は中天に掛かり、生暖かい風が頬を撫でた。

第三章　闇夜の待ち伏せ

一

伊之助、弥吉の張り込みの成果で、あとの二人の素性《すじよう》が割れた。

旗本御書院番《ごしよいんばん》二百石高瀬与太夫《たかせよだゆう》の次男桑二郎《くわじろう》、お目見得以下小普請《こぶしん》方百五十石御家人矢部貞之丞《やべさだのじよう》の三男市之助《いちのすけ》の二人だ。

小笠原彦次郎、村山要蔵を加えた四人の辻《つじ》斬り容疑者の身元が知れた。

——季節は卯月に替わり、新月の宵、まだ暮れ六つ（午後六時）を回ったばかりの頃合いだった。

奥の部屋からは組屋敷の娘たちを集めて、お藤が常磐津《ときわづ》の稽古《けいこ》をつける三味線《しやみせん》の音色が、この与力同心《よりきどうしん》の住まう組屋敷にそぐわぬ、乙《おつ》な雰囲気を醸《かも》し出している。

八丁堀組屋敷、結城龍三郎の元へ、手下の韋駄天の伊之助が息せき切って駆け込んで来た。

龍三郎は寝転び、肘枕《ひじまくら》で煙草《たばこ》を吸っていた。

伊之助が裏庭の枝折《しお》り戸を開けて、縁先に跪《ひざまず》き、

「旦那《だんな》ッ、奴等四人、雁首《がんくび》揃《そろ》えて、黒門町の小笠原屋敷を出やしたぜ」

「おぅ御苦労。それで行き先は？」

煙管を灰吹きにぽんと叩きつけてから煙草盆に放り出し、身体を起こした。

「へえ、今弥吉《やきち》っつぁんが後を尾《つ》けておりやす」

「……何ィ？　莫《ば》っ迦《か》野郎、じゃ俺達ぁどこへ向かって行きゃいいんだ？　おめえと弥吉が分かれちまったら、方角が分からねえじゃねえか。何を目印に後を追い掛けりゃいいんだよ」

思わず龍三郎は愚痴《ぐち》るように叱《しか》った。

「ああ、そうでやすねぇ～。へえ、すいやせん。出たのを見た途端《とたん》、喜び勇んで素っ飛び出して来ちまったんで」

「しょうがねえなぁ。何処《どこ》その盛り場の見当《けんとう》を付けて出掛けてみるか。今夜はお

月さんも見えねえ真《ま》っ暗闇《くらやみ》だ。幽霊と辻斬りが出るにゃあ、お誂《あつら》え向きの晩だぜ」

大小を手挟《たばさ》みながら立って、隣の部屋の障子《しょうじ》を五寸ほど開け、お藤を手招く。

「チョイと皆んな、待っててておくれ」

とお藤が三味線の撥《ばち》を持ったまま近付き、小声で、何だい、と訊いた。

稽古中の弟子たちが好奇心を隠そうともせず、首を伸ばして、お師匠さんの旦那様を覗《のぞ》き見ようとしている。

「ああ、辻斬りの件でな、チョイと伊之助と出掛けてくらぁ」

「気を付けておくれよ」

「大丈夫だよ。じゃぁな」

三和土《たたき》に回った伊之助が提灯《ちょうちん》に火入れして待っていた。

「取り敢《あ》えず、どっちに行きゃいいんだ。犬も歩けば棒に当たるのか?」

呉服橋御門から日本橋、神田、下谷広小路へ向かってぶらぶらと歩く二人。途中、岡《おか》っ引《ぴ》きを従えた顔馴染みの定町廻《じょうまちまわ》り同心二組とすれ違った。

このところ、北町奉行所挙げての見回りの多さに、辻斬り連中も警戒し、鳴りを潜めているのか、町の灯《あか》りも徐々に戻って、人通りも多くなり、行き交《か》う人々のさざめきも浮き立つ感じに思える。

伊之助の提灯の先導で歩くこと半刻（一時間）ばかり――。

下谷広小路――上野寛永寺の門前町として発展し、明暦《めいれき》の大火（一六五七年）以後、火除地《ひよけち》として広小路と呼ばれ、浅草、両国と並ぶ盛り場だ。

と、その人混みを掻き分けて、向こうからつんのめるように駆けて来る弥吉の姿を見付けた。

弥吉もまた龍三郎を見付けると、後ろを指差しながら咳《せ》き込むように叫んだ。

「だ、旦那ァ、殺《や》られたッ一人。もう一人はあっしが大声で、辻斬りだァ、逃げろォ、と喚《わめ》いたんで逃げおおせたみてぇです。こっちでさぁ。さあ」

弥吉の案内で、広小路から一本裏の路地へ入ったところ下谷同朋町《どうぼうちょう》――。

縦縞《たてじま》の着物の背が裂けて若い町人が血溜まりの中に一人転がっていた。野次馬が集《たか》り始めていた。物見高いは江戸の常――いつもこれだ。

弥吉が、半纏《はんてん》の後ろを撥《は》ねて、後ろ帯に挟んだ十手《じって》を取り出し、

「おぅ、お上《かみ》の御用だ。誰か、この仏《ほとけ》さんを見知っている人はござんせんかい？　そいから先刻《さっき》、俺の声で辻斬りから逃げた人、居たら顔を見せておくんなさい」

弥吉の呼び掛けに応えて、おずおずと職人風の紺色木綿《もめん》の股引《ももひき》に、腹掛けの上

に半纏を羽織った職人風の若い男が前へ名乗り出て来た。

「親分さん、あっしで。親分さんの声で袂《たもと》を切られただけで助かりやした。あっしは、神田佐久間町《さくまちょう》の甚兵衛《じんべえ》長屋に住まい致しやす、左官《さかん》職の辰造《たつぞう》と申しやす。へえ。こいつは同じ長屋の大工の留吉《とめきち》でございやす」

そう云って、もう息の無い留吉の亡骸《なきがら》にしがみ付いて、滂沱《ぼうだ》の涙を流し出した。

ひざまずいて留吉の身体を撫で揺すりながら、

「可哀《かわい》そうになぁ、留ェ……。ひでぇ事をしやがる。おめえのお袋さんに、俺ぁ何と云やぁいいんだ」

弥吉が、まだ泣き続ける辰造の肩を優しく叩いて立ち上がらせた。

代わって龍三郎がしゃがみ込み、斬《き》り痕を覗き込む。後ろから伊之助が提灯をかざす。

「間違《まちげ》ぇねえ、お玉ヶ池の四人組だ。よし、黒門町へ先回りするぞ。まだ帰っちゃ居ねえだろう。多分、人を叩っ斬った昂《たか》ぶりで、小笠原の家に集まって酒盛りを始めやがると思うぜ。まだ五つ（午後八時）を回っちゃぁいねえものなぁ」

下谷広小路から黒門町なら目と鼻の先だ。提灯ひとつで龍三郎、伊之助、弥吉の三人は武家屋敷小路へ。

小笠原邸表門の角の土塀の陰で待つこと四半刻――。

弥吉の耳が三、四人の足音と昂ぶった喋り声を捉えた。

「旦那、来やしたぜ、奴等でさぁ」

と囁くのに頷いて、

「よし、提灯の灯を消せ。オメエらは此処《ここ》で見ていろ。動くんじゃねえぞ」

「へえ」

と首肯《しゆこう》して伊之助が灯りを吹き消した。お互いの顔が闇の中に沈んだ。

――月のない暗夜だ。一丁先の石灯籠《どうろう》がおぼろげな光芒《こうぼう》を辻の辺りに滲ませ、小路の石畳を浮き上がらせている。

と、角を曲がって四人の侍が姿を現わした。高笑いで一人が云った。

「あの町人をぶった斬った後に会った先刻の侍《さむらい》、口ほどにも無い奴でしたなあ。彦次郎殿の突きの鋭さにひとたまりもなかった……拙者《せつしや》の手にもまだ肉を切った感触が残っておるわい。わっはっはっは」

傍若無人《ぼうじやくぶじん》の高笑いだ。お追従《ついしよう》組の高瀬桑二郎か矢部市之助か――。

「旦那、奴ら、あの後、また侍ぇを一人殺ったみてえですぜ」

弥吉が龍三郎の耳元で囁いた。

「うむ。らしいな。待ってろよ」

紋の入っていない提灯を二つ先に、四人の黒い影が近付いて来る。

土塀の角から姿を現わした龍三郎が、小笠原邸表門の前にずいっと立ち塞がった。

「だ、誰だっ！」

油断し切った連中の足がぴたっと止まった。

「オメエたちはほんとに悪《わり》ィ奴らだなぁ……罪もねえ人たちをどれだけぶった斬りゃ気が済むんだ。もう四人目じゃねえか。生きている価値がねえ、俺が天に代わってテメエたちを叩っ斬ってやる。おぅッ、小笠原彦次郎、村山要蔵、高瀬桑二郎、矢部市之助、今宵《こよい》がこの世の見納めだ。見納めったって、こう真っ暗闇じゃ何にも見えねぇがな。覚悟しやがれ、斬り捨て御免だッ」

「な、何奴だ！　名を名乗れっ」

ずずっと草履《ぞうり》の音させて後退《あとずさ》り、鯉口《こいくち》を切り、こちらの顔を見定めようと提灯を高く掲げた。

「分っからねえのかよ、おぅ村山要蔵ッ。この間、お玉ヶ池の千葉道場でオイラと立ち合ったじゃねえかよ」
「おお、あの時の！　貴様《きさま》ァ何の遺恨《いこん》があって」
「莫っ迦野郎！　意趣《いしゅ》も遺恨もあるけえ。こじつけりゃあ、今までテメエたちに
ぶった斬られた罪もねえ人たちの遺恨だぁ。テメエたちも誰に斬られるのか、何
故死ぬのか分からねえんじゃ可哀《かえ》そうだから、教《おせ》えてやらあ。俺はな、北町の隠《おん》
密《みっ》同心、結城龍三郎って者《もん》だ。腑《ふ》に落ちたら、あの世へ行きな」
「フン、町奉行所に我ら武家は裁けぬ筈《はず》。図に乗るな」
「何をほざいてやがる、そんな事ぁどうでもいいんだよ。貴様らの命貰《もら》ったぁ」
既に鯉口の切られている愛刀胴田貫〈肥後一文字〉をスラリと抜いた。
四人組も慌てて抜いた。二人が投げ捨てた提灯が燃えて、灯りが揺れ、辺りが
一瞬ぼぉ〜と明るくなった。
草履を後ろへ脱ぎ捨て足袋《たび》裸足になり、ばらばらと龍三郎を四方から囲んだ。
石畳の上で燃える提灯の灯りで、土塀に映った人影がゆらゆらと揺れている。
白壁を背にして龍三郎は四人との間合いを計った。
左側の彦次郎はガチガチに固くなっている。隣の大兵漢《だいひょうかん》、村山は先日の試合
の返り討ちを狙ってか、またセキレイの尾のように剣先を震わせている。

右側の高瀬、矢部は、こんな真剣勝負は初めてなのだろう、既に息が上がって呼吸が激しい。玄武館で見た龍三郎の腕を知っているから尚更《なおさら》だろう。

無抵抗の職人や夜鷹《よたか》を斬るのとは勝手が違うのだ。今、斬られる恐怖を、死なねばならぬ追い詰められた絶命の境地をたっぷりと味わわせてやる。

燃え尽きそうな提灯の灯りが揺らいで、それぞれの刀身が煌《きら》めく。

最後のひと揺れで明かりは消えた。闇が周囲を覆った。

こうなれば、神道無念流も北辰一刀流も関係ない。死なぬために斬り斃《たお》すのみ。生存本能のみ——！

と、暗闇に支配された殺気の漲《みなぎ》る中を、龍三郎が先に動いた。一番右側の正眼に構えていた矢部の刀を峰《みね》で撥《は》ね上げて、右袈裟《けさ》斬り——。確かな手応えがあった。返す刀の物打ちは、間合い充分に下から高瀬の腹を抜き胴で薙《な》ぎ斬った。

絶叫が連続して起こった。

二人の身体が地面に倒れる重い音。血の噴出する音——。

残るはあと二人、小笠原彦次郎、村山要蔵のみだ。

今度は攻守入れ替わって、二人が土塀を背負った。

暗闇の中で互いの刀がどこにあり、どう構えられているのか、刃はどう斬ってくるか、上段からか、下段からか、突きか、胴薙ぎか、皆目分《かいもく》からぬ。気を察するのみ。

足元から、まだ絶命していない二人の、断末魔《だんまつま》の喘《あえ》ぎ声が聞こえている。

左側から殺気がほとばしった。袂の揺れる衣擦れの音と刃風が襲った。

龍三郎は躰《からだ》を五寸退いて見切り、避けた。耳朶《じだ》を掠《かす》めて刃風の音を聞いた。

刹那《せつな》――。

右手に握った胴田貫は円を描いて左上から斜に右下に奔った。

斬った相手は小笠原彦次郎だった。手には骨を断つ感触が確かに伝わった。

彦次郎は、眼前の松の古木に抱き付いた格好で、ずるずるとずり落ちた。

残るはただ一人、遠い常夜灯の灯りに刀刃がセキレイの尾のように煌めき迫った。そのセキレイの尾が頭上に跳ね、渾身の斬撃が振り降りてきた。

今こそ、必殺――龍飛の剣。

下から擦り上げた龍三郎の刀は相手の刀を撥ね上げた。

キィンという鋼《はがね》と鋼のぶつかる澄んだ音と共に、漆黒《しっこく》の闇に青白い火花が散った。すかさず、斬り下ろした刃は村山要蔵の頭蓋《ずがい》を唐竹《からたけ》割りに断ち斬った。

大きな黒い影が朽木《くちき》のように倒れた。

あとには血が奔流する音のみ――。

それ以外何も聞こえず静まり返った武家小路。

武士を斬り捨てた場合は必ず留《とど》めを刺すのが作法であり、相手に対する礼儀であったが、既に皆絶命しており、その必要はなかった。

「伊之助、灯りをくんな」

怯《おび》えたような声が闇の中から、へえ、と応え、火打石の音がカチカチと鳴り、やがて提灯に明かりが灯って、無言の手下二人が近付いた。

龍三郎は抜き身の大刀を地に突き立て、脇差《わきざし》の鞘《さや》から笄《こうがい》を抜いて口に咥《くわ》え、懐紙《かいし》を一枚抜いて傍らの松の木に突き刺した。

やおら、腰から根付《ねつけ》で吊るした矢立《やたて》を取り出し、これも口に咥え、短い筆に乾いた墨汁を擦り墨を含ませて、懐紙に何やらさらさらと書きとめた。達筆の筈が松の皮の上なので文字がのたくったようだ。

『此《こ》の者ら、只今世情を騒がす辻斬り一味也《なり》、斬り捨て御免候《そうろう》　正義一剣《せいぎいっけん》』

ミミズが這《は》いずったような字が、提灯の灯りに浮き上がって揺れている。

伊之助、弥吉はただ黙って傍に佇《たたず》み手を貸さない。以前、龍三郎が片手一本で何かやり難そうなので手伝おうとして手を出し、叱責されたことがあるのだ。

「俺に手を貸すなッ。甘えてたら、次にオメエたちが居ねえとき、俺ぁどうすりゃいいんだ。慣れるんだ、出来ねえときは俺の方から頼むよ。分かったか」

以来、二人共、頼まれぬ限りは手は出さないようにしている。

「さ、帰《けえ》ろうか。おい弥吉、こいつで血脂《ちあぶら》をきれいに拭いてくれねえか。血は錆《さ》びの元だからなぁ。武士の魂……大事にしねえとな」

抜き身の胴田貫を地面から引き抜き弥吉に手渡し、鹿のなめし革を懐から取り出して渡し、頼んだ。

伊之助の提灯が先導し、後ろから黙って従って歩く。弥吉も恐る恐る大事そうに、血塗《ちま》みれの胴太貫を拭《ぬぐ》いながら後に続《し》いた。

龍三郎に勝利感はない、虚無《きよむ》が心を占めていた――。

二

翌午前《ひるまえ》、龍三郎は北町奉行所に顔を出した。上を下への大騒ぎだ。内同心たち、出仕《しゆつし》した同輩たちが右往左往している。

「おい轟、何だこの騒ぎは」

すれ違った轟大介を呼び止めて訊いた。

「ああ結城さん、昨夜の辻斬り一味の成敗は、結城さんの仕業《しわざ》ですよね。今朝早く、黒門町の小笠原家から目付へ届けが出て、我々も検視に駆け付けたところ、松の木に貼った懐紙にミミズの這ったような汚い文字で、正義一剣！　いいですなぁ、あれは。結城さんの仕業でしょ？」

「悪かったな、汚《きたね》ぇ字で」

「矢張りッ！　もう町中で評判ですよ。正義一剣が辻斬りを成敗してくれたってね。ところが結城さん、驚かんでください。また本物の一味が出現です。今度は、まさしく左利きです」

龍三郎は虚を衝《つ》かれた。

「場所は？　何刻頃だ？」

「ええ、昨夜五つ半（午後九時）過ぎ、鎌倉河岸《かまくらがし》、神田橋御門。殺られたのは武士でした。此度は、抜刀しておりましたが、正面からひと太刀です」

「う〜む。ゆんべの奴らみてぇに面白半分、お調子者の集まりじゃねえな……」

龍三郎は一人ごちた後、轟に向かって云った。

「腕試しか、ただ誰でもいい、斬り殺してえだけなのか……許せねえなぁ。おい大介、さぁ、どう捜し出す……」

「我ら北町定町廻り同心も、全員が夜回りの回数を増やしておるのですが、奴等の尻尾《しっぽ》は一向に摑めません」

「お奉行はもう御城から戻られたか」

「いえ、もう暫時《ざんじ》……」

「そうか、仕方ねえ、俺流でやるか。じゃあな」

踵《きびす》を返そうとする龍三郎の背に、轟大介の声が追い掛けた。

「結城さん、それがしも是非、その探索の端にお加えください」

「おぅ、何か確かなところが分かったら教えてやらぁ。また一緒にやるか」

「お願い致します。私の方も何か手掛かりを摑み次第、お知らせに参上致しますゆえ」

「おぅ頼むぜ。じゃあな」

奉行所の表門を潜《くぐ》り呉服橋御門の橋を渡って、八丁堀組屋敷を目指した。

伊之助、弥吉と策を練らねば……心は再び熱くなっていた。

早朝から、桜湯で髪結いのひと仕事を終えた伊之助を加えて、弥吉共々、組屋敷の龍三郎の居室で、鳩首《きゅうしゅ》談合を図った。

昨夜、跳ねっ返りの次男三男坊たちの面白半分の辻斬り一味を、ことごとく討ち果たした。だが、まだ本物の辻斬り一味は今ものさばって、次の機会を窺っているのだ。

瓦版屋が売らんがために面白おかしく煽《あお》るように書き立てるから、江戸の町衆は戦々恐々として、夜の外出を手控え、日常の普段の暮らしが営《いとな》めない。再び江戸の町は寂《さび》れた死んだような町に変貌していた。

「おい、弥吉、伊之助、何かいい智恵はねえか？　物証が何ひとつねえ……この間みてぇに引き千切った印籠《いんろう》とか、家紋とか、何も残されちゃいねえものなぁ。ただ下手人が、手練《てだ》れの左利きというだけだ。行き詰まっちまったぃ」

「……旦那ぁ、矢っ張り、こっちを狙わせるよりほか、手はありやせんぜ。薄暗い寂しい場所を選んで歩き回り、辻斬りの奴らを誘《おび》き出すんでさぁ。アニさんの足なら何の造作《ぞうさ》もなく逃げられようが、なぁにあっしだって油断しなきゃそう簡単に殺られるもんじゃねえ」

弥吉がギラッと眼を光らせ、決意を秘めた口調で云った。

「有り難《がて》ぇ提案だが、そんな危ねえ橋をオメエらに渡らせるわけにゃいかねえ。

それに、そんな運良くぶち当たるもんでもねえだろ」

「旦那ぁ、そいじゃあただ手を拱《こまね》いて、次の犠牲者が出るまで待ってるだけですかい？　無駄かも知れやせんが、やってみましょうや」

伊之助が何時《いつ》に無く真剣に膝を進めて、熱心に云った。

「旦那ッ、やりやしょう。ただ四人組の二本差しだけを用心すりゃいいんでござんしょう？」

弥吉も乗り気だ。己の命を的に狙わせて誘き出そうとしている。危ない賭けだ。

「有り難ぇ申し入れだなぁ。……よぉし、やってみるか。暮れ六つ（午後六時）頃からぶらぶら歩いて、四つ（午後十時）には切り上げて、〈樽平〉に集合だ。四人組の侍ぇを見付けたら、兎《と》に角《かく》逃げろ、囲まれる前にな。で、後を尾けて住まいを突き止めるんだ。深入りするんじゃねえぞ。ヤバイと感じたら直ぐ引き返せ、分かったな」

暮れなずむ頃、早目の夕餉《ゆうげ》を摂《と》り、命を賭《と》した散策に出掛ける準備をした。

まだ日暮れ前で、陽は茜《あかね》色に西の空を染めて、遠い相模《さがみ》の国の山並み、富士《ふじ》のお山も雲間にその姿を隠そうとしていた。

三人それぞれ、口数は少なかった。

お藤が、もう結城家では慣例となっている切り火を打って、冠木門の外まで見送り、心配そうに声掛けた。

「伊之さん、弥吉っつぁん、ご苦労様だね。お前様、お気を付けてね」

呉服橋御門の前でそれぞれが提灯を手に三方へ分かれた。

弥吉は永代橋を渡って本所深川方面。伊之助は、両国浅草広小路の盛り場の裏通り中心。龍三郎は御城の外堀の内側に沿った西の丸下、外桜田《そとさくらだ》周辺の大名小路と呼ばれる武家屋敷周辺を中心に歩くと、取り決めてある。

（さぁ、鬼が出るか、蛇が出るか……）

龍三郎としては、バッタリと出遭うことを願うのみだ。胴田貫は既に、抜き打ちが適《かな》うよう、鯉口は鎺《はばき》から五分（約一・五センチ）ほど切ってある。

紺色の鮫小紋《さめごもん》の絽《ろ》の着流しを丈長にぞろりと着て、素足に雪駄履き。左袂を初夏の風に揺らしながら、右手には気楽な小田原提灯をぶらりと提げて、そぞろ歩きを楽しむ風情《ふぜい》――。

伊之助、弥吉はそれぞれ、浅葱《あさぎ》色の股引に草履履き、尻端折《しりはしょ》りの裾《すそ》を角帯に高く絡《から》げ、動き易《やす》いよう怠りない。

弥吉の十手は半纏に隠した後ろの帯の結び目に差し込んである。伊之助の鎧通《よろいどお》しは懐中の畳んだ手拭いの中だ。

　用心すべきはまず、四人の武士に取り囲まれぬこと。しかし反面、狙われ易いようにブラブラとほろ酔いを装って、盛り場の一本裏の薄暗い道を選んで歩かねばならない。

　暗い町筋には、軒行灯《のきあんどん》を点《つ》けている家も少なく、眼だけは油断なく四方八方を窺う、二人にとって緊張を強《し》いられる命を懸けた散策であった――。


――四つ（午後十時）を回った。日本橋木挽町居酒屋〈樽平〉の暖簾《のれん》を潜って龍三郎がまず戻って来た。

「へぇ～い、いらっしゃいやしィ。旦那ァ、遅《おせ》ぇ顔見世で。もうかなりきこし召していらっしゃるんで？」

　提灯の灯を吹き消し、親爺《おやじ》に手渡しながら訊いた。

「おい樽平、あの二人はまだ帰って来ねえかい？」

「へっ？　伊之さんと弥吉っつぁん？　まだでやんすねぇ。お約束で？　何かご心配《しんぺえ》ごとが……」

「いや、お前んとこももう店仕舞《じめ》えだなぁ。済まねえが、もうチョイと待たせてくんな」

「へぇへぇ、明日の朝まででもどうぞ。一杯いきやすかい？」

「おぅ一本つけてくんな。肴《さかな》は何でもいいや」

「それが旦那、旨《うめ》ぇ葱鮪《ねぎま》と芋の煮っころがしがありやすよォ」

八の字眉《まゆ》毛を一層垂らした樽平が、燗酒を、あちちっ、と云いつつ、徳利《とつくり》の首をつまんで運んで来た。

「さ、旦那、駆けつけ三杯、グッといきやしょう、へい。あっしもお相伴《しようばん》に預ってよろしいんで？」

「おお、呑《の》みな呑みな。どうでぇ、近頃の景気は？」

「よくぞお聴きくださいやしたッ。もうサッパリでさぁ。辻斬り騒ぎ以来、お茶っぴきも珍しくありゃあせんぜ。旦那ぁ何とかしておくんなさいよ。商売上がったりでさぁ。もう、あっしンとこなんざ首括《くく》らなきゃいけねえ有様で、へえ」

「そう云う割にはかなり嬉《うれ》しそうじゃねえか、ええ親爺？」

「そりゃあ旦那がお見えだから……」

「ちぇっ、うめえこと云いやがってこの野郎、おぅ、もう一本つけてくんな。それにしても奴ら遅《おせ》ぇなあ」

「そうでやすねえ」

と樽平は、店の暖簾を取り込みに立って、首を伸ばして表を見ていたが、

「あ～あ、灯りが点いてる店はウチだけだ。あっ、戻って来やしたぜ、あの歩き方は弥吉親分だ」

小走りで入って来た弥吉が、

「旦那、お待たせ致しやしたか？　遅くなって申し訳ござんせん。もうチョッともうチョッと、と欲搔《か》きやして……」

「おぅ御苦労だったな弥吉、何か危ねえ目には遭わなかったか？」

「へえ、こちとらビクビクしながら危ねぇとこばっかり選んで歩いたんでやすが、さっぱりでござんした。拍子抜けってやつでさぁ」

「そうかそうか、まぁ無事で何よりだった。初日からそんなうめえこと行く訳がねえやなぁ。さぁ一杯《いっぺえ》いきな」

へえ、と差し出す猪口に徳利の酒を注いでいるところへ、風のように伊之助が飛び込んで来た。その額《ひたい》には汗が浮き出していた。

「旦那ッ、遭いやしたッ。出ましたぜ」

「何をッ、そいでオメエは無事か？」

龍三郎が猪口《ちょこ》を置いて、ギロッと伊之助に眼を遣った。弥吉も思わず腰を浮かせて、急《せ》き込んで訊ねた。

「ア、アニさん、場所は何処でぇ。やっぱり四人組か？」

「おぅ、両国広小路の裏っ側、浅草御門を渡った平右衛門町《へいえもんちょう》辺りでさぁ。五つ半（午後九時）を回った頃でやした。人通りも少なくなって薄っ気味悪ぃなぁと思いながら、後ろばっかり気にして歩いていて前を向いたら、フイと左右の角から侍《さむれ》ぇが降って湧いたように現われやがった。ギョッとして後ろを振り向くてぇと、やっぱ左右の路地から待ち伏せでもしてたみてぇに二人現われやがった。その内の一人は確かに頭巾《ずきん》を被《かぶ》っているじゃぁござんせんかッ、『こいつらだ』と……み、水を一杯」

猪口を手にしたまま、息を飲んで伊之助の話を聞いていた弥吉が、慌てて奥へ叫んだ。

「お〜い親爺ィ、水だ水だァ」

「へ〜い」

と樽平が柄杓《ひしゃく》のまま持って来た水を奪い取って、息も継がずにグビグビと呑み干し、手の甲で口を拭って再び話し出した。

「皆んな左手で鯉口切って、四方から間を詰めて来るんでさぁ。あっしはもうぶるぶる震えちまって、此れでこの世ともおさらばかと覚悟しやしたねぇ。ただその頭巾の侍ぇだけ両懐手だったんで、ここが逃げ口だと目星を付けやしてね。行き掛けの駄賃に何か掏《す》れるかも知れねえなと、タタッと走って目の前で跳び上がったんでさぁ。そしたら侍ぇも懐手を解いて刀を引っこ抜きやがった。こっちは、頭巾で覆った口元の帯を引き千切ったんでさぁ。左頰に引き攣《つ》れたような火傷《やけど》の痕がありやしたぜ」

伊之助が、噺家《はなしか》みたいに手振り身振りの仕方話で、早口でまくし立てた。

「ふ～ん、火傷の痕がなぁ……だから、この暑いのにいつも真っ昼間から覆面していやがるんだな……それでどうした？」

猪口の酒を啜《すす》り呑みながら、眉宇《びう》を顰《ひそ》めた眼を伊之助に向けて、先を促した。

「下郎《げろう》ッ、とか何とか云いやがって、声と一緒にビュッて刀の鳴る音がしたんで、その侍ぇの脇をすり抜けて逃げやした。そン時、半纏の裾をチョッピリ切られちまったらしいんでさぁ。三人の侍ェが、待てェ、とか吐《ぬ》かしやがって追っ掛けて来やがったが、待てと云われて待つ馬鹿はおりやせんよねえ？　韋駄天の異名を頂くあっしでござんすから、逃げ足じゃ負けやせん。何とか逃げおおせやして、天水桶《てんすいおけ》の陰に隠れて窺《うかが》ってるてぇと、奴らこそこそ話し合って両国橋の方へ歩き出したんでさぁ。あっしは見付からねえようにその後を尾けて行きやすてぇとお武家屋敷へ――」

「伊之、もう水は要らねえか。それからどうしたい？」

龍三郎に促されて、伊之助は生唾《なまつば》ごくりと呑み込んで、話し続けた。

「浅草橋の堀伝いに北方向へ、町屋を過ぎるてぇと豪壮なお大名屋敷、武家屋敷が連《つら》なって、酒井左衛門《さかいさえもんのじょう》尉様のお屋敷でやんしょ、え～次が佐竹左近将監《さたけさこんしょうげん》様のお屋敷、え～その次がァ……表札が出てなかった。え～次が、四つ目の御屋敷で……池田様ァ」

伊之助は目を瞑《つむ》って指折りながら思い出している。龍三郎と弥吉は、息を殺して伊之助の口元を見詰めて待った。龍三郎が焦れて云った。

「まだかッ」

「着きやしたッ。その隣の、立派な門構えの屋敷へ四人とも吸い込まれるように入って行きやしてね、ところが此処にも表札が出てねえんで。お武家屋敷は表札の出てねえお屋敷が多うござんすねえ。どなたの屋敷か分からねえんで、一丁忍び込もうと思いやしたが、もうそん時ゃ四つ（午後十時）を回っておりやしたんで、住まいを突き止めただけでも儲け物と引き返して来たんでござんす」

「伊之、よくやってくれたッ。命があっただけでも目っけもんじゃゃねぇか。よし、明日にも奉行所へ顔を出し、武鑑で調べてみるか。池田様の隣だな？　住まいが分かっただけでも上出来だ。引き揚げようぜ、腹ぁ減ってねえか？　弥吉は？　……よぉし今夜はこれで幕引きだ。親爺ィ、遅くまで済まなかったなぁ。これで足りるか？」

小粒一分銀を呑み台に放り出し、床机《しょうぎ》を立った。

三

翌早朝、まだ陽の昇らぬうちから、裏庭で右手だけでの抜き打ち、素振りを半刻ばかり繰り返し、桜湯の朝風呂に浸《つ》かる。

おセイ亡き後のおちかとかいう湯女《ゆな》に背を流してもらい、伊之助に月代《さかやき》と髭《ひげ》を剃《そ》ってもらって、きれいさっぱり整えて北町奉行所へ久々の出仕だ。

お藤の用意してくれた紗彩形《さやがた》模様の絽の着流しで胴田貫の大小を落とし差し、

相変わらず巻き羽織は着ない。片袖を風になびかせて、粋な身形《みなり》の洒落《しやれ》同心が雪駄をチャラチャラ引き摺って表門を潜った。

中間小者《ちゆうげんこもの》の作蔵が目敏《めざと》く見付けて小走りで駆け寄り、式台前に跪いた。

「結城様、お久し振りでございます。殿様がお待ちかねでございますよ」

「おう作爺《さくじい》ィ、取り次いでくんな。お手間は取らせねえ、ご報告だけだ」

「はい、宜《よろ》しゅうございます。どうぞ」

大刀のみ引き抜き右手に提げ、作蔵の後に従って奥の居室へ――。

作蔵が廊下に端座し、両手を付いて開け放した障子の中へ声を掛ける。

「殿様、結城龍三郎様がお目に掛かりたいと参上致しておりますが」

「おう龍三《りゆうざ》か、入れ入れ。待ち兼ねたぞ」

北町奉行榊原主計頭忠之の嬉しげな声が応えた。

ずかずかと座敷に入り、忠之の前に正座し、大刀を右脇に置き右手だけ畳に付いて辞儀する。傍《はた》から見たら上役の前で片懐手など、さぞ尊大に見えることだろう……無いのだから仕方がない。

「御前、早速でございますが、昨夜、真《ほんもの》の辻斬りにそれがしの配下が遭遇致しました」

「何とッ、で、どうした、手下は無事であったのか？」

「ハッ、韋駄天の二つ名を頂く足の速さで切り抜けました。半纏をチョイと掠ったとか……何ほどのこともございません」

忠之は、ほっと安堵《あんど》の溜息を吐き、身を乗り出して訊く。部下思いなのだ。

「うむ、それは重畳《ちょうじょう》、何よりであった。で、素性は判明したのか」

「はあ、狙われたのは両国広小路裏、浅草御門を渡った平右衛門町……後を尾行して大名旗本屋敷が立ち並ぶ武家地へ――表札が出ておらなかったそうで、氏素《うじす》性《じょう》は判明致しておりませぬ。御書院部屋の武鑑にて吟味《ぎんみ》致そうと、本日は罷《まか》り越しました」

「うむ、よくぞそこまで突き止めたものよ。わしはこれから登城せねばならぬ。戻ったら吉報《きっぽう》を聴かせてくれ、頼むぞ」

満足気に頷き、立ち上がって、大声出した。

「奥ッ、奥ゥ、出掛けるぞォ」

待つ間もなく、お引き摺りの衣擦《きぬず》れの音の後、境の襖《ふすま》が開き、奥方の早苗が現われた。

「これは誰方《どなた》かと思うたら、結城殿。御苦労様でございます、さ、殿、お出《い》でなされませ」

うむ、と鷹揚《おうよう》に頷き、威風堂々《いふうどうどう》玄関へ向かった。その後に早苗奥方が、長い裾を廊下に引き擦って見送りに従う。

「行ってらっしゃいませ」

と龍三郎は、右片手を腿《もも》に置いて低頭した。

その足で、御書院部屋へ赴《おもむ》いた。そこは役宅の奥に在った。

書架に何百、何千の調べ書き帖が納まり、与力二人、同心四人がじっくりと、あるいは忙《せわ》しげに立ち働いている。

「御免。御多忙中のところ、お邪魔致します。いささか調べたき事あり、御免蒙《こうむ》ります」

「おぅ結城さん、何なりと。お手伝いさせて頂きます」

練兵館で指南している同心が二人、嬉しげに近寄って来た。

「済まぬ。住まいは分かってるんだが、禄高、お役目、家系図と何でも知りてぇんだ」

——半刻後、知りたい事は全て判明した。右手一本の不自由な龍三郎を見かねて、皆が手分けして手伝ってくれたのだ。

それは、御目見え直参《じきさん》旗本五千石大番頭《おおばんがしら》、堀田隼人正尚勝《ほったはやとのしょうなおかつ》、三十一歳。この若さで大した役職の大身《たいしん》旗本だった。

三代将軍家光の命《めい》により普請奉行によって編纂《へんさん》された、大名旗本諸家千四百余家の系譜集——〈寛永諸家系図伝〉〈江戸幕府役職武鑑〉〈御府内沿革図書〉〈江戸城下変遷絵図集〉等々、何冊もの武鑑を紐《ひも》解き、朋輩《ほうばい》たちは惜しみなく手を貸してくれた。

それによると、父堀田右京亮《うきょうのすけ》が病気急逝《きゅうせい》により、つい最近家督《かとく》相続が御公儀に認められたばかりだ。しかし、御定法《ごじょうほう》では、目付役から検視を受けてから葬らねばならぬのに、右京亮の弔《とむら》いは、目付の検視を受ける前に内々で済ませたという。それは、感染の恐れ多い流行《はや》り病《やまい》だったからと弁明し、何とか相続の認可を頂いたらしい。

しかし奇妙なことに、その以前に家督相続に付いては、右京亮より長男尚勝の廃嫡《はいちゃく》願いが届け出されていたのだ。行跡不行《ぎょうせきふゆ》き届《とど》きに付き嫡子《ちゃくし》と認めず、養子を迎えての家督相続を願い出ていた。が、急逝寸前にそれは取り下げられ、実子尚勝が相続した。その際、無役に格下げになるやもと推測を呼んだが、堀田家の大番頭の役職はそのままお召し上げにはならなかった。

もしやお家騒動が……？

——堀田家に何が勃発《ぼっぱつ》しているのか？　謎《なぞ》を孕《はら》む此の処の成り行きであった。

多分、四人の武士の頭株であった頭巾を被った男が隼人正であろう。その顔半面の火傷の引き攣れ痕は謂《いわ》れがあるのか？

何よりも、今江戸庶民を恐怖の坩堝《るつぼ》に陥《おとしい》れている辻斬り騒動は、如何《どう》関わってくるのか？

龍三郎は思案《しあん》に暮れた。午《うま》の刻（午後零時）後、八丁堀組屋敷に引き返し、伊之助と弥吉に、堀田隼人正屋敷を交代で見張るよう命じた。

『武家屋敷を見張るんだ。くれぐれも目立たねえようにな』と、釘《くぎ》を刺すのを忘れなかった。即座に、喜び勇んで二人は出掛けて行った。

——あとは待つのみ。

四

深川八幡宮・永代寺門前町——此の辺りには意気と張りを看板にした多くの辰《たつ》巳《み》芸者が居を構えている。今しも料理茶屋〈喜楽《きらく》〉の奥まった座敷に、四人の武士が芸者を揚《あ》げて飲めや歌えの大騒ぎの真っ最中だ。

弥吉が龍三郎の配下に加わる以前、門前仲町《もんぜんなかちよう》の顔役として名を売っていた地元だ。女房のお袖も、この喜楽で仲居として働いていたのが縁で、どちらからともなく情を寄せ合い、夫婦としてくっついてしまった。

弥吉は浅草橋近くの堀田邸から尾行して来て、この四人が馴染《なじ》みの料理茶屋〈喜楽〉に上がったのを見て、顔見知りの女将に頼み込み、天井裏へ潜《もぐ》り込むことに成功した。弥吉は伊之助ほどの身の軽さは持ち合わせてはいないから、かねてから知り合いの女将に招き入れてもらい助かったのだ。

天井裏の板をずらした隙間から覗く弥吉の眼の下――。

なるほど、床の間を背に座る、左頬に火傷の引き攣れ痕が目立つ侍に向かって、下座の侍がおもねる口調で云った。

「殿、今宵は思う存分羽を伸ばして憂《う》さを晴らしましょうぞ」

「思う存分のぅ……楽しませてもらおう。ふふふ」

直参旗本五千石、堀田隼人正尚勝、こいつだ！

周囲を囲むように三人の家臣が座して、今、酒盛りの真っ最中――美形の芸者を侍《はべ》らせて、宴たけなわの模様だ。

地獄耳の異名を取る弥吉は、その場で語られる言葉を何ひとつ聞き逃さぬ決意で天井板に張り付いていた。

床の間を背にした隼人正が、通常は左側に置く脇息《きょうそく》を右側に置いて凭《もた》れ、左膝を立て、扇子《せんす》で懐に風を入れながら、酔って呂律《ろれつ》の回らぬ舌で云った。

「おい鳥居《とりい》、おぬし得意の剣舞でも見せてくれぬか」

眼は据わり、左顔面の引き攣れた火傷の痕が赤紫色に変わっていた。

「ハッ、殿、それがし今宵は少々酒が過ぎ申した。何卒ご容赦《ようしゃ》の程を……」

「フン、埒《らち》もない。おい、では鶴吉《つるきち》、お前踊って見せろ」

左脇に座す芸者、鶴吉を抱き寄せ、熟し柿のような酒臭い息を吐き掛け、頰を摺り寄せようとする。

「殿様ァ、アタシも酔っちまって足《の》がもつれて踊れるかどうか……」

と云って、隼人正を押し退けようとする。それは本能的に嫌悪感の入り混じった押し退け方であった。

敏感にそれと悟った隼人正が、うむと眼を据え、

「おい鶴吉ィ、その方、この火傷の痕がそれほど嫌か、それほど醜いか」

と酔眼朦朧《すいがんもうろう》として、身体を前後に揺らしながら、睨《ね》め付けるそのドロンとした

眼付きは血走っていた。

「あら〜、お殿様ァ、あたしゃちっともそんな風には思っちゃおりませんよ。イタズラ坊主の火遊びぐらいにしか思っちゃいませんよォ」

後ろに片手を付いて反り返った姿勢で、鶴吉は精一杯ご機嫌を取り結ぼうとしている。

「ふふふ、これは死んじまった父親右京亮のせいなのだ。おぬしらには分かるまい、武士の家に嫡男として生まれた男の悲哀《ひあい》なぞ……左利きではならんのだ。右利きでなくてはのォ。幼少の頃より、それは厳しい躾《しつけ》でなぁ。躾というより、アレは仕置きだった……馬鹿親父め、ザマァ見ろッ」

火傷の痕をぴくぴくと痙攣《けいれん》させながら、虚空《こくう》を睨《にら》み、右側の脇息を鷲摑《わしづか》みにしたその指は強張《こわば》って震えている。酒乱の気があるのだろう。

天井裏から覗く弥吉でさえ、思わずぞくっと背筋に冷たいものが走るような狂気を感じた。

「殿、もうそれ以上は……何卒お口をお慎《つつし》み遊ばされて……」

隼人正の正面に座る、眼付きの鋭い四十がらみの年恰好の精悍《せいかん》な侍が、両手を突いて身を乗り出した。

「うむ？　兵庫之介《ひょうごのすけ》ッ、貴様この俺に意見でもしようというのかッ」

「いえ、決してそのような、意見などと、滅相もございません」

「家臣の分際で小賢《こざか》しいぞ。俺を戒《いまし》めようなどと……酒だぁ、酒注げェ」

大盃を一気に呷《あお》って突き出した。隣の鶴吉が勇を鼓《こ》してにじり寄り、

「はいはい、お坊っちゃま、御機嫌を直して、ささ、どうぞ、お殿様ぁ」

と銚子を傾けるのを、
隼人正は突如《とつじょ》——。

癇癪《かんしゃく》の虫が暴れ出したかのように眉尻がピリリと震え、やにわに朱色に塗られた足付き膳を蹴飛ばし立ち上がった。膳の上に並んだ銚子二、三本と料理肴が飛び散った。周囲から、きゃぁっ、と叫びが沸き起こった。

隼人正は、憤怒《ふんぬ》の形相《ぎょうそう》凄《すさ》まじく、直ぐ後ろの床の間の刀架から大刀を引っ摑んで、仁王《におう》立《だ》ちした。

「芸者風情が、俺をガキ扱いするのかッ。無礼討ちじゃゃッ！」

いきなりだった。

いきなりの抜き打ち一閃——左袈裟斬り！

鶴吉の右首筋から鮮血が迸《ほとばし》り、障子に刷毛《はけ》で刷いたように血飛沫《ちしぶき》が走った。

鶴吉が、のけ反って倒れた。

居合わせた芸妓二人と歳嵩《としかさ》の三味線弾きの三人は、突如起こった目の前の惨劇に、悲鳴を上げて、座敷の片隅にいざり逃げ、身を固めて、恐怖の眼を隼人正に向けている。

天井裏の弥吉も思わず、アッ、と声を上げそうになって、天井板の隙間にへばり付いた。この〈喜楽〉で仲居をやっていた頃の女房のお袖は、鶴吉とも顔馴染みで仲が良かったのだ。

その妹分が今、眼の下八尺で無礼討ちで斬られた。それも理不尽にも鶴吉には何の落ち度も無いのに……。芸者として精一杯もてなそうと銚子を傾けた途端の無礼打ちだった。

思わず弥吉の躰も硬直して力が入ったのだろう。膝下の天井板がミシッと鳴った。

（しまったッ）と唇嚙んだその時には、

「曲者《くせもの》ッ」

気合と共に、大刀が弥吉の目の前一尺にブスッと突き込まれた。

ひぇっ、とのけ反った拍子に頭を梁《はり》にゴツンとぶつけた。

兵庫之介と呼ばれた侍が天井を睨み上げ、

「鳥居、沼田《ぬまた》、捕らえろ。いや、斬れ、斬り殺せ」

と、下知《げじ》して、尚も見当を付けた辺りの天井板を突く。

弥吉の際《きわ》どい距離に白刃がブスッ、ブスッと突き刺さる。

逃げるが勝ちと、天井裏を蜘蛛の糸を払いながら一目散《いちもくさん》に這いずって逃げた。

二人の侍が血相《けっそう》変えて、抜き放った大刀を手に部屋を飛び出した。

あちこちの座敷から悲鳴が上がり、料理茶屋〈喜楽〉は騒然となった。

弥吉は、深川から八丁堀まで駆けに駆けた。龍三郎旦那にその卑劣《ひれつ》さ、残虐《ざんぎゃく》さを知らせるために――。

（今世情を騒がす辻斬り事件はあの四人に間違いねえ）

弥吉は確信した。

堀田隼人正の火傷の痕が、兵庫之介の鋭い眼眸が、悲痛の表情で血を噴き出しながらのけ反る鶴吉の顔が、弥吉の頭の中を駆け巡った。

五

――深川門前仲町〈喜楽〉での、辰巳芸者無礼討ち事件――。

そもそも、武士が耐え難い無礼を受けた時には、斬っても処罰されないとする幕府の〈公事方御定書《くじかたおさだめがき》〉に明記された法律があった。

己に対して、無礼、不法、慮外《りょがい》なものと捉えた場合に、武士は名誉侵害の回復との意味で斬り捨てても構わぬという法令だ。

但《ただ》し、斬った後は速やかに役所に届けねばならない。そして一定期間自宅謹慎を申し付けられ、証人、証拠品が検分され、正当性を実証されるまで、身の潔白は明らかにならない。

認められぬ場合は、お上から、お家取り潰し、家禄没収、最悪は切腹《せっぷく》申し付けもあるという厳しい掟《おきて》だった。しかし、幕藩体制を維持する為の観点から、無礼討ちは認められていたのだ。

北町奉行、榊原主計頭忠之は、旗本御家人取締役、御目付《おめつけ》の柏木《かしわぎ》監物《けんもつ》から聞き得るすべての情報を仕入れ、料理茶屋〈喜楽〉の方には、奉行所から吟味方筆頭与力高杉新左衛門が出張り、検視と取調べを行なった。

しかし、直参五千石、大番頭のお役目を頂く大身旗本と、高々千石の目付柏木監物では、その家格の違いは歴然たるものがあり、鼻先であしらわれて目付としてのお役目を充分に果たすような吟味は出来なかったらしい。ましてや小碌の小《こ》人《びと》目付や徒《かち》目付では軽んじられて当然、歯を食い縛《しば》って退《ひ》き下がらざるを得なかったのか——。

数日後、奉行所へ出仕した龍三郎は奉行の榊原忠之から逐一《ちくいち》聞き及んだ。それは、直参大身旗本の家柄ではさもあらんという内情であった。

後継嫡男として生まれた隼人正尚勝は生来の左利きであったそうな。武士の矜持・誇りを重んじる父右京亮は、幼児より左利きを矯正せねばと、それは厳しい躾と仕置きを繰り返し、剣術の稽古も、拝領地五千坪の一角に道場を建て、五、六十名の家臣と共に連日鍛えたという。

尚勝十七歳の時、身も凍るような冷気の冬、庭での打ち込み稽古の最中、父右京亮が、堪忍袋の緒が切れて、

『まだ直せぬのかッ、いつになったら一人前の侍になれるのじゃ』

と、怒りも沸点に達して尚勝を蹴り倒したそうだ。

間が悪いことに、傍らには暖を取るための焚き火が、盛大に火柱を上げて燃えていた。

　頭から焚き火の中へ転げ込み、汗ばんだ顔の皮膚に真っ赤に熾《お》きた炭火が張り付き、ギャアッ、と絶叫してのたうち回る尚勝に、傍に置かれた水桶をぶっ掛け、事なきを得たかと思ったが、その顔は見る間に焼け爛《ただ》れて火膨《ひぶく》れとなり、無惨な火傷の引き攣れ痕となって残ってしまったとか。この一件が、子が親に対して、拭い去る事の出来ぬ遺恨の元凶《げんきょう》となってしまったらしいのだ。

　それ以来、尚勝の行状は、当たるを幸い女は犯す。そのせいで堀田家に若い女中は居着かなくなってしまったとか。酒を呑んでは狂ったように直ぐ刀を抜いて振り回す、障子も襖も壁も柱も傷痕だらけ、酒乱だ。遂には街中へ出て、息の掛かった配下三人を連れて騒ぎを起こす――。

（表沙汰になったらお家取り潰しになる……）

　悩みに悩んだ右京亮は、お家大事、お家存続のため、御公儀に廃嫡願いを届け出る仕儀に至る。尚勝の妹結衣《ゆい》に婿《むこ》養子を迎え、お家断絶だけは避けようと画策したのだ。それは、度重なる養子候補の堀田家への出入りに接して、長男尚勝の知るところとなり、嫡男として蔑《ないがし》ろにされたと、怒りと恨みの火に油を注ぐ結果をもたらしたのだろう。

どう手を回し、陰謀を図ったのか、父右京亮を籠絡《ろうらく》したのか――。

廃嫡願いの取り下げと、右京亮の隠居願いが公儀に提出されたのだ。まだそれが幕閣にて協議されている最中に、公儀の裁可を待たずして、右京亮は急な病いで死亡。そのまま尚勝の堀田家継承が認可されたのだ。

この急死については、嫡男尚勝による毒殺の噂《うわさ》も密やかに囁かれた。

目付としては、その黒い噂を耳にし、亡骸を掘り出して腑分《ふわ》けせねばと願い出たが、不問に付されたいきさつがある。何故か？

この時代、公然と賄賂《わいろ》が横行し、日頃から目を掛けられていたお目付取締の上役、若年寄《わかどしより》の永井尚佐《ながいなおすけ》に大枚の賄賂を摑ませ、この件詮議《せんぎ》に及ばず、との下命により、巧《うま》く難を逃れたとの専《もっぱ》らの評判が立ったそうな。隼人正の謀略勝ちであったのか。

無事に五千石の家督相続も認可され、堀田隼人正尚勝として広大な拝領屋敷に住まい、夜な夜な江戸市中へ出没しては、辻斬りに精を出しているのだ。

榊原忠之の長い話が終わった――。

目付を通じて密かに得られた忠之の吟味の結果であった。

榊原忠之が深刻そうな顔付きで云った。

「龍三、どうじゃ、堀田隼人正尚勝……この所業、許せぬのぅ」

「御前《ごぜん》、こやつ等にも辻斬りに遭う恐怖を味わわせてやりましょう。私が何処ぞの辻で待ち伏せて、斬り捨てます。何時までも埒の明かないご公儀の調べを待っていては、無辜《むこ》の民が泣きを見るばかりです。これ以上江戸庶民を泣かせる訳には参りませぬぞ」

「うむ。龍三、そちの申す通りじゃ。一刻も早《はよ》う、御府内に平和を取り戻さねばのう。その方だけが頼りじゃ。任せたぞ、思う存分腕を振るえ」

――しかし、隼人正は無礼討ちの咎で蟄居《ちっきょ》謹慎一ヶ月となるも、何の動きもなく無為《むい》に時は流れた。

そして、その無礼討ちの罪も、若年寄永井尚佐の鶴の一声で、お咎め無し、との裁可が下されたのだ。これにより、堀田隼人正は晴れて、野に放たれた虎の如《ごと》くに辻斬りに精を出せるという状況になってしまった。

季節は皐月《さつき》（五月）――。夏がやってきた。

爽やかな初夏は通り過ぎ、真夏の太陽がジリジリと照りつけ、皮膚を焦《こ》がし、吐く息も熱い。汗はしとどに流れ落ち、江戸の町の湿り気の多い陽気は気色悪い。

龍三郎が浅草寺境内で、盗賊鴉権兵衛の弟、薄《うすき》玄次郎なる浪人者に左腕を斬られ失ったのも、ジリジリと暑い日だった。思い出すと肘《ひじ》上で切断された傷痕が疼《うず》くようだ。

あの後、薄玄次郎は全国に手配され、その容貌魁偉《ようぼうかいい》な人相書きは、諸国の辻々の高札に張り出され、一度目にした人は忘れようにも忘れられないだろう。

六尺を超す大男、剃髪《ていはつ》して頭骨の浮き出たツルツルの大頭、眼光鋭く人を射竦《いすく》めるような非情の眼眸《がんぼう》、中条流《ちゅうじょうりゅう》の剣を取って廻国修行中だった、盗賊鴉権兵衛の弟。龍三郎にとっては、己が左腕を叩き斬った張本人——それも女房お藤に気を取られていた油断を見透かしての斬撃であった。

龍三郎は何としても、もう一度遭って合い見《まみ》え、雌雄《しゆう》を決したいと熱望していた。隠密同心の仕事を抱えているから、諸国を仇《かたき》探しで廻ることも出来ぬのが口惜しかった。次に何処かで遇《あ》った時には、必ずや……！

暑さと焦燥感を振り払うように、半裸になって無心で刀を振り、斬り込みの稽古を汗みどろで行なった龍三郎はそのあと、褌《ふんどし》一丁で井戸の釣瓶から汲んだ桶の冷水を何杯も被り、お藤に身体を拭いてもらう。昼餉の支度で襷《たすき》掛けのお藤が、甲斐甲斐《かいがい》しく手拭いを絞って濡れた身体を拭ってくれる。

「さぁ、お前さま、昼餉にしようかねぇ、伊之さんは今日は桜湯からの帰りが遅いねぇ。先に頂くかい？」

「いや待とう。もう帰《けえ》って来るだろう」

お藤と二人だけの誰にも邪魔されぬ食事も楽しいが、手下の伊之助や弥吉と一緒の膳を囲んで、馬鹿話をしながらの食事の方が、龍三郎は心弾むのだ。

待つ間もなく、伊之助と弥吉の二人が顔を揃えて戻って来た。

「何だ、オメエたち二人揃って……待ち合わせでもしたのか」

「いえ旦那ァ、堀田隼人正屋敷の前でバッタリ出会いやしてねぇ……何か動きはねえか探りに来たってぇことで、お互《たげ》ぇに思いはおんなじでやした」

伊之助が照れ臭そうに後ろ首を掻きながら云った。

「そうかい、暑いのに御苦労だったなぁ。さぁ、上がれ上がれ。腹が減ったろう。お～いお藤、頼むぜ。腹ッ減らしが三人、ひよこみてぇに口開いて待ってるぜぇ～」

「は～い、出来てるよぉ～。今運ぶからねぇ～」

声と共にお藤が障子を開けて足付き膳を二膳、座敷に運び込んだ。
「あっしがお手伝い致しやしょう」
と気軽に弥吉が立って、残りの膳を運ぶ。
「へぇ～、昼飯から塩焼きの鯖《さば》ですかい。白いおまんまと漬物と浅蜊《あさり》の味噌《みそ》汁
……豪勢でやんすねぇ」
「ほら、弥吉っつぁんとこの源太坊が毎朝、天秤棒《てんびんぼう》担《かつ》いで商いの帰りに寄って、
市場で仕入れたばかりの生きのいい魚を置いてってくれるのさぁ」
一家の台所を預かるお藤としては、嬉しいことだろう。朝獲れたばかりの貝類
と魚を、この間から下っ引きに雇われたと独りよがりの棒手振りの源太が、毎朝
置いていってくれるという。
「いえね、あの源太の野郎、旦那の下っ引きになったってもう有頂天《うちょうてん》でさぁ。
あっしに纏《まと》わりついて、親分、おいらの仕事はまだねえんですかい、って、煩《うるせ》ぇ
の何のって」
顔をしかめて云うが、弥吉は嬉しそうだ。余程《よほど》可愛《かわい》がっているのだろう。
「弥吉、その内、奉行所までの使いっ走りにでも使ってやりな。さぁ食おうか」
「へえ、頂きやす」

二人揃って合掌《がっしょう》して箸《はし》を取った。

「お代わりは何膳でもしておくれ。さぁアタシも頂こうかね」

お藤が姐さん被りの手拭いと襷を外して味噌椀を取り、主従四人の昼餉が始まった。

爽やかな一陣の初夏の風が、庭から表へ吹き抜けた。軒下に吊した風鈴《ふうりん》の音がチリンチリンと涼しげに鳴った。裏庭に咲くさつきも、お藤の毎朝の水遣りのお陰だろう、今を盛りと咲き誇っている。もうじき、炎熱の夏がやって来る。

六

西山に陽が沈み、初夏の夕凪《ゆうなぎ》の一陣の風が涼しく感じられる頃。

――六つ半（午後七時）を回り、裏庭に面した縁側に行灯《あんどん》を置いて龍三郎と伊之助がへぼ将棋の盤を囲んでいた。脇で弥吉が煙草を吸い、和やかなひと時を過ごしていた。

その時――。

源太がころころの太った身体で転がるように枝折《しお》り戸を開けて入って来た。その顔は、玉の汗でびっしょりだったが、輝いていた。

「旦那様、親分、伊之助さん。あいつら、屋敷を出ましたよ、四人揃って」

弥吉が煙管をポンと灰吹きに叩いて、驚いた表情で源太を問い詰めた。

「何をッ！　源太、テメエ何時《いっ》からそんな真似をしてやがった？　俺に何にも云わなかったじゃねえかッ」

「だってエ、何時まで待っても、おいらには何にも御用がねえんですもん」

「莫っ迦野郎、危ねえ真似しやがって。引っ叩くぞ」

握り拳を振り上げる弥吉を制して、龍三郎が手に持つ駒を将棋盤に投げ捨てて云った。

「伊之、おめえの勝ちだ。ままま、弥吉、そう怒るな。源太坊もオメエの真似がしてえんだよ。で、どうしたって？　云ってみな」

「へえ、旦那様。夕七つ（午後五時）頃から、堀田屋敷を見張ってやすと、いえ、一度おいらが親分に弁当を届けたことがあったもんで、屋敷を覚えてたんでさぁ。そいでね、塀の陰から見張ってやすと、頭から頭巾を被って眼だけ出したお侍《さむれ》ぇを先頭に、四人の二本差しが出て来やしてね、ありゃもう六つ（午後六時）を回っておりやしたね。屹度《きっと》誰か獲物を探しに出たんだろうと思いやして。

御蔵《おくら》武家屋敷から町屋の方へ、大川沿いにぶらぶらと――。丁度、柳橋の手前、御蔵ノ前片岡代地《のまえかたおかだいち》の辺りへ来やすとね、丁稚《でっち》を連れたお大尽《だいじん》風の旦那を四方から囲んだんでさぁ……。そこでおいらがデッケエ声で、逃げろォ、辻斬りだァ、人殺しィ〜って怒鳴《どな》ったんでさぁ。一人の侍ェが振り返って、小僧ッとか何とか喚《わめ》いて追っ掛けて来たんで、泡喰って一目散でさぁ」

ここまで一気に喋《しゃべ》り倒したその顔は鼻の孔を膨《ふく》らませて得意そうだった。

「莫迦野郎ッ」

源太の頬がパシッと鳴った。尚も源太の襟《えり》首摑んだ弥吉が血相《けっそう》変えて、

「誰がそんな危ねえ真似をしていいと云った、てめえ死ぬとこだったんだぞ」

「まぁ堪忍《かんにん》してやんな弥吉。源太、よく知らせてくれたなぁ。だがこいつぁ命懸けのことなんだ。もう、一人で突っ走るんじゃねえぞ……で、まだその商人が斬られたかどうかは、見ちゃいねえんだな」

涙目の源太が、襟首を摑まれながら頷いた。

「はい、もう夢中で逃げて来たもんで」

「おぅ弥吉、伊之、出掛けるぜ。源太、案内しな。お〜いお藤ィ、デッケエ握り飯を一個作ってくんな」

「あいよォ、チョイと待っとくれェ。すぐ作るよ〜」

お藤の弾んだ声が台所から聞こえた。

——やがて、

「へ〜い、こちらで」

弥吉に引っ叩かれたのも忘れたように、源太は握り飯を頬張りながら喜色満面で先頭に立った。

小躍りしそうな太っちょの小僧源太と、チビで痩《や》せっぽちの伊之助、男盛りの苦み走った弥吉と、片袖を翻した龍三郎の一行四人が現場に到着したのは、四半刻後だった。

道々、龍三郎は考えた。

(……謹慎が解けて、余《よ》っ程《ぽど》憂さが溜まっていやがったのだろう。野に解き放たれた餓狼《がろう》みてぇなもんだ。こりゃぁ今後また辻斬りが流行り始めるだろうなぁ)

という思いだった。今宵はその手始めなのか？　案の定だ。

源太に案内されたのは、両国広小路から北へ一丁、神田川が大川へ注ぐ袂に小さな橋が架かっている、柳橋だ。怖いもの見たさで橋の上も川岸も人だかりで一杯だった。

今しも、自身番の町役らしき二人が鉤《かぎ》付きの竿で土左衛門《どざえもん》の骸《むくろ》を二体引き揚げようと汗を掻いている。

後ろ帯に差した十手を抜いて、弥吉が声を張った。

「おう、皆んな、チョイと開けてくんな、御用の筋だ。おっ、御免よ」

と人を掻き分けて、龍三郎を誘《いざな》って前へ出る。

番太が二人、低頭して、へえ、ご苦労様で、と挨拶《あいさつ》した。

「おぅ、こちらは八丁堀の旦那だ。此処は何町だ？」

「へぇ、平右衛門町でごぜえやす」

「よぉし、戸板に乗っけて番所へ運んでくんな」

「へぇ、承知致しやした」

用意された戸板二枚に死骸を載せて、自身番まで運ばせる。

その弥吉が仕切る様子を、源太はうっとりと誇らしげに眺めていた。

案内された番所の土間に並べられた戸板の上の骸――矢張り、正面から左袈裟掛けだ。もう一人の丁稚は逃げようと後ろを向いたのだろう。バッサリと背を左から斜めに斬り落とされていた。立ち上がった龍三郎が呟いた。

「おい、弥吉、伊之、行くぜ。分かってるな」

「へいッ、合点承知《がってんしょうち》。源太、おめえはもう帰ってな。屹度《きっと》、従いて来るんじゃねえぞ、分かったなッ」

弥吉に怖い顔で睨みつけられ、源太は恨めしそうに、へぇい、と頷いた。


浅草御門から北へ十丁ほど真っ直ぐ上がれば、そこはもう武家屋敷――。

矢張り表札は出ていないが、堀田隼人正尚勝、直参旗本五千石の広大な屋敷の門前で待ち伏せた。この間の小笠原彦次郎一味待ち伏せと同じだ。これほど確かなことはない。必ずこの場所へ帰って来るのだから――。

頑丈な表門に懐手で寄り掛かって待つ龍三郎の鯉口は、既に鎺《はばき》から五分ほど抜かれている。弥吉と伊之助は提灯の灯を消して、龍三郎の足元にうずくまって二人して煙草を吸っている。

幸い、上弦《じょうげん》の月のおぼろな輝きが石畳を蒼白く照らし、人影は見分けられる。

左右一丁ほどの間隔に石灯籠が二基、ぼぉ～と灯りを点している。

時刻はもう四つ半（午後十一時）を回っただろう。

待つこと四半刻――。

弥吉が煙管を掌でぽんと叩いて、無言のまま立ち上がった。

地獄耳が捉えたのだ、石畳を擦る草履の足音を――。

小声で交わす三、四人の話し声が――時々含み笑いが漏れ聞こえる。

堀田家表門に達した四人の足がビクッと止まった。懐手の龍三郎がぬぅ～と立ち塞がったのだ。油断し切っていたが、流石は侍、ザザッと後退《あとずさ》った。左手は既に鞘の鯉口を握り、切っている。その中の一人が抑えた声で誰何《すいか》した。

「何奴だッ、他人様《ひとさま》の家の前で、何の真似だッ、無礼であろうッ」

「通せんぼだよ、ここからは入れねえ。俺ぁな、何を隠そう、辻斬りだよ」

龍三郎の右手はもう袂から出している。しかし奴らには、左手はまだ懐の中に見えるだろう。

「何ィッ、貴様ぁ愚弄《ぐろう》するのかッ」

「おぅ、もう頭巾は脱いだか、そろそろ暑くて仕方ねえだろう、たまにゃ火傷の痕にも風を当てて、涼しくしてやらねえとな」

「おのれェ～、ほざいたな。どこのどいつだッ」

「当ててみな。テメエらッ、己が辻斬りの的にされた気分はどんなもんだ！」

「喰らえッ」

左側から月の光に煌めいて刃が鞘走った。

龍三郎がまだ左手で鯉口を切っていない、隙ありと見て斬り込んで来たのだろう。柄を握った龍三郎が片膝突いて、居合い水平抜き打ちで胴を薙ぎ斬った。

左袖が翻った。

「ぐわっ」

大上段に振りかぶり棒立ちのまま、腹から血を迸《ほとばし》らせている。

下からすぅっと身を起こした龍三郎が静かに云った。

「どうでえ、無抵抗の人間を斬るのとは訳が違うだろ。テメエたちは今、辻斬りに遭ってるんだぜ。今のは鳥居か沼田か、どっちだ？　おぅ、堀田隼人正、得意の左袈裟斬りで掛かってきな」

「ううむ。おのれぇっ」

ギラリ抜刀した隼人正の前に、二人の武士が庇《かば》うように立ち塞がった。表門の前に立つ龍三郎を何としても排除して、門内に入ろうとの気概を見せ、殺気満々だ。

「殿ッ、ここはお任せを。早くお引き揚げください」

（今のが兵庫之介だろう）

と、前面に立ち塞がる侍が、龍三郎の腹目掛けて鋭い突きを入れてきた。峰を返した胴田貫が撥ね返した。すかさず相手の横薙ぎの一閃が——二尺ほど身を反らして躱《かわ》し、右腕一本の右袈裟斬り、頸《くび》筋から入った切っ先五寸は、心の臓から左脇腹を斬り裂いて抜けた。

「おのれ〜ッ」

まだ上段に振りかぶったまま立ち往生の侍は、己が斬られたことが信じられないのだろう、眼玉を引ん剝《む》いたまままだ睨んでいる。

その奴の胴を無造作に薙《な》ぎ斬った。血飛沫を振り撒《ま》きながら、未練たっぷりに斃れた。

「殿ッ、さ、お早く」

残った兵庫之介が隼人正の背を押して小路の角の土塀を曲がり、裏口でもあるのだろう、姿を消した。

その時だ——声が響いた。

「旦那様〜ァ、裏口ィ！　裏口はこっちですよォ〜」

源太の叫び声が静寂を破って聞こえた。

「チッ、あの馬鹿ッ！」

後ろに伊之助と寄り添って控えていた弥吉が、舌打ちして飛び出して行った。

直ぐに暗闇の中から、源太の首っ玉を引っ摑んで引き摺って現われた。

龍三郎は傍の伊之助に血塗れの抜き身と鹿のなめし革を渡し、きれいに拭ってくれ、と頼んだ。

弥吉が源太の頭を拳固《げんこ》でブン殴って云っている。

「莫っ迦野郎、あれほど従《つ》いて来るなと云ったじゃねえかッ」

「だってぇ、だってぇ……」

源太は両掌で瞼《まぶた》を擦りながら泣きじゃくっている。

「おぅおぅ、弥吉、もう勘弁してやんな。源太、ありがとよ。おめえのお陰で辻斬り二人、成敗出来たぜ。けどな、こいつは侍ぇ同士の命を懸けた危ねえ駆け引きなんだ。まだまだオメエが首突っ込めるような容易《たやす》いことじゃねえんだぞ。分かったな。これ以上弥吉親分にも俺たちにも心配掛けてくれるな、いいな」

「はい……はい」

太った身体をちぢめ、泣きじゃくりながら、うな垂れていた。

「さあ、帰《けえ》ろうか」

雲がたなびく朧《おぼろ》な月の光を浴びながら、主従四人が石畳に雪駄と草履の足音を響かせて八丁堀組屋敷へ向かった。

堀田邸門前には、斬殺死体が二体、転がったままだ。

「正義一剣」と書かれた懐紙が一枚、一人の胸の上に石ころで押さえられ、時折、風に吹かれてヒラヒラと翻っていた。月が世のあらゆるものに光を当て、照らしていた——。

第四章　旗本屋敷の成敗《せいばい》

一

龍三郎は午《うま》の刻、九つ（午後零時）、久々に呉服橋御門を渡って北町奉行所へ顔を出した。

玄関式台を上がると、同心《どうしん》たちが右往左往して大騒ぎだ。武士というものは基本的には走ってはいけない。常に悠々、泰然自若《たいぜんじじやく》として歩行せねばならない。走ることが許されるのは、火事、地震、戦場、斬《き》り合いなどの一大事が勃発《ぼっぱつ》した場合だけに限られる。ところが、今日の奉行所内は皆、血相《けっそう》変えて走り回っている――。

「どうした？」

すれ違った同心島田伊十郎を捉《つか》まえて訊いた。

「ああ、結城さん、一大事です。また、鴉組です」

「何ッ、鴉組？　どういう事だッ」

「二代目です。二代目鴉権兵衛を名乗って、昨夜、二軒の大店《おおだな》が襲われました。人形《にんぎょうちょう》町の札差《ふださし》〈三好屋《みよしや》〉と小石川《こいしかわ》の両替商〈橘屋《たちばなや》〉です。金蔵は空《から》っぽで、双方で総勢二十三名の家族、雇い人が惨殺されました」

「何故《なぜ》、鴉権兵衛二代目と分かった？」

「床柱に小柄《こづか》で止められた紙片に、真っ黒の烏《からす》の絵に『二代目薄』と記されておりました」

「薄？　確かか、そりゃぁ」

龍三郎の心の臓が、ゴトッと鳴った。

「はい、間違いございません。今朝方拙者がこの眼で確かに……」

（薄玄次郎！　忘れもしねえ、あの海坊主野郎だッ）心の内で呟いた。

「ふ～む、まだ辻斬《つじぎ》り騒動も片付いていねえのに、またぞろ新しい押し込み盗《ぬす》っ人《と》集団か」

龍三郎は左腕の斬り飛ばされた肘《ひじ》の傷痕《あと》が、ピリリと疼《うず》く感触を覚えた。一刻も忘れられないのは、冷ややかな細い吊り上がった眼付きの、剃髪した海坊主頭の偉丈夫《いじょうぶ》、薄玄次郎と名乗った浪人の薄笑いだ――。

すぐさま榊原忠之の居室を訪《おとな》った。中間《ちゅうげん》の作蔵の案内がないので、直接、廊下から障子《しょうじ》内へ声を掛けた。

「御前《ごぜん》、御在室ですか？　結城龍三郎でございます」

「おぅ、龍三《りゅうざ》か、たった今お城から戻ったばかりだ。さ、入れ入れ、遠慮することはない」

「はっ、失礼仕《つかまつ》ります」

小腰を屈《かが》めて座敷へ入ると、丁度《ちょうど》着替えの最中であった。衣擦《きぬず》れの音高く正装用の三つ紋の裃《かみしも》袴《はかま》を脱ぎ散らし、傍《そば》で奥方の早苗が畳み、汗ばんだ着物は衣《え》紋掛《もんか》けに吊るしていた。

「これは結城殿、お勤めご苦労様でございますなぁ」

奥方早苗の冷たい視線は相変わらずだ。息女妙の事でまだ根に持っているのだろうか。女性《にょしょう》は執念深い……。

「いえ、奥様にはご壮健そうで、何より」

「今日はじとじとと湿り気の多い嫌な気分の日だのぅ、真夏が思いやられるわい」

忠之は蚊絣《かがすり》の麻の着流しに着替え、胡坐《あぐら》を掻《か》いて座し、扇子《せんす》でばたばたと胸と股座《またぐら》へ風を入れた。磊落《らいらく》そのものだ。

「お前さま、お行儀の悪い」

奥方が冷たく言い放って奥の部屋へ消えた。忠之は奥へ目を遣りながら、余計反抗的に、扇子で風を送っている。

「御前、心胆《しんたん》寒からしめる事案が勃発致しましたなぁ」

「おう、二代目鴉権兵衛のぅ……龍三、その方如何《どう》思う?」

「はぁ、二代目を名乗るからには、以前の鴉権兵衛に関わる奴に相違ありません。残党と実の弟、薄玄次郎と申す浪人者……私の左腕を斬ったあの男以外、一味を率《ひき》いる首領は居ないでしょう。あの薄笑いを浮かべながらの冷酷そのものの顔付きを忘れることは出来ませぬ」

龍三郎の脳裏《のうり》には、左腕を失った昨年の夏真っ盛り、浅草寺境内《けいだい》の石畳に血を流しながら横たわって見た情景が、まざまざと思い出された。

炎熱の日差《ひざ》しと真っ青な空、入道雲、かまびすしい油蟬《あぶらぜみ》の鳴き声、町衆の覗《のぞ》き込みながらのざわめき、そして、涼しげな風鈴《ふうりん》の音——忘れようにも忘れられないあの日、あの時——。

「おっ、そうじゃ、堀田家家臣の、鳥居源之進《げんのしん》、沼田喜十郎《きじゆうろう》の二人が、急病死した旨《むね》、堀田家より届けがあり、本日ご公儀に受理されたぞ」

「昨夜、それがしが辻斬りとなり、堀田邸前で待ち伏せ、一味四人のうち鳥居、沼田、その両名を成敗《せいばい》致しました」

「うむ。残るはあと二人か……本日、御目付《おめつけ》の柏木監物ともう一人が、堀田屋敷へ乗り込み吟味《ぎんみ》検分致すとか。だが、五千石大番頭《おおばんがしら》と千石——鼻先であしらわれるだろうことは目に見えておる」

忠之は忌々《いまいま》しげに扇子をバタバタと扇いだ。

「最早《もはや》、斬り捨て御免でございますなぁ。隼人正は辰巳芸者無礼討ちの詮議も終わり、蟄居謹慎《ちつきよきんしん》が解けて、またぞろ辻斬りの虫が騒ぎ出したらしい気配です。昨夜も早速二人の町人を血祭りに挙げましたからなぁ。いつまでも、江戸庶民を怖がらせたまま、捨て置く事は出来ませせぬ」

龍三郎の脳裏には、昨夜の神田川畔に鉤竿《かぎざお》で引き揚げられる土左衛門《どざえもん》の姿が、まざまざと浮かんだ。

「ふ〜む。下手人が判明しておるのに、目付役はみすみす指を咥《くわ》えて眺めているのみか。情けない話よ。目付にはその方らのように確証がないからのぅ。その方の配下の襲われた髪結いが、下手人の火傷痕の顔をその目でしっかと見届けたという証がのぅ……」

扇ぐ扇子の調子が激しくなった。忠之のイライラした心情が察せられる。

「御前、今後もそれがしが辻斬りとなり、彼奴《きやっ》らに斬り捨て御免状を執行しても宜《よろ》しいので？」

「他に手立てがあるか。相手が大身《たいしん》旗本では、我ら町奉行所では手が出せぬ。龍三、その方の腕だけが頼りじゃ。構わぬ、思い切り、斬り捨てよッ」

剛毅果断《ごうきかだん》の北町奉行榊原忠之であった。

「しかし、自分らを狙う辻斬りが居ると知って、屋敷を出て来るものでしょうか？　こうなれば、昨夜の堀田隼人正ともう一人、片岡《かたおか》兵庫之介とか申す奴、斬り逃したのが返す返すも口惜しうございます。……黒田壱岐守同様に屋敷に斬り込むわけにも行きますまい。ただ、人を斬りたいという、彼奴の欲求がいつまで辛抱《しんぼう》出来るか？　それを待つより致し方ないのではございますまいか？」

龍三郎自身、歯嚙みしたくなるような焦燥《しょうそう》感に取り付かれている。

「もう一件、お奉行、二代目鴉組の頭領は薄玄次郎……それがしがその顔を見知っております。何処《どこ》ですれ違っても見間違うことはございません。その者だけが手掛かり。一味の人相風体《ふうてい》は誰も見ておりません。見た者は皆もう既に、この世には生きてはいないのですから……。神出鬼没の凶賊だけに、また頭が痛いですなぁ」

「江戸中の豪商たちは、枕を高くして眠られぬ日々が続くのぅ。龍三、その方だけが頼りじゃ。重ねて頼む、励んでくれ」

榊原忠之が両手を腿《もも》の上に揃《そろ》えて、深く低頭した。

「御前、勿体《もったい》ない、頭をお上げください。それがし、一命を賭《と》して、ご期待に適《かな》いますよう、励みます」

そうは云っても重い気持ちを抱いて、龍三郎は忠之の前を辞去した。

二

弥吉が妙な話を聞き込んで来た。襲われた人形町の札差〈三好屋〉と小石川の両替商〈橘屋〉近辺を聞き込みに回っていて、仕入れたネタだ。

何でも、二代目鴉組に襲われる四、五日前に、地廻《じまわ》りの岡《おか》っ引《ぴ》きがお店を訪れて、戸締りや盗人除《よ》けの心得なんぞを説《と》いて回っていたというのだ。主人に普請《ふしん》の造作や絵図面を出させ、その上番頭や手代も一緒に、用心せねばならぬ箇所を指図して帰ったという。丁度《ちょうど》商いの話し合いで帳場に居合わせた出入りの商人がそれを見聞きしていたのだそうだ。人形町の左平次《さへいじ》とかいう岡っ引きで、弥吉とも顔馴染みだったらしい。

以前の弥吉は、深川は門前仲町で〈門仲のお貸元〉とか呼ばれて顔を売っていたらしいが、左腕に二本の入れ墨を彫られてからは、一切、土地《ところ》の顔役や親分と呼ばれる連中とは付き合いを絶っている。

この人形町の左平次という男、とかく悪い噂《うわさ》の絶えない、金貸しと目明《めあか》しの二足の草鞋《わらじ》を履く悪党だそうだ。

「あっしもおかしいと思いやしてね、それとなく左平次とお店の主人との関《かかわ》りを聞いて回りやすとね。何でも金貸し左平次の後ろ盾《だて》になって、元金を用意してたのは、この店二軒ともそうらしいんで。左平次を手先に使って金を貸し、その上前を跳《は》ねて儲《もう》けてたらしいですぜ。汚《きたね》ぇ根性してやがる……。左平次は金主と揉めたのかも知れやせん。親切ごかしに訪ねて来て、今、押し込み一味がお江戸を荒らし回っているから用心の為に、とか何とか舌先三寸で丸め込んで、戸締りや蔵の場所まで、家の中を案内させ、雇い人の数まで事細かに聴いて、その四、五日後に鴉一味に押し込まれたってわけでさぁ」

龍三郎は縁先で団扇《うちわ》で胸元に風を入れながら黙って聞いていたが、

「ふ〜ん。確かにオメエの云う通りだ。岡っ引きって立場をいいことに、金貸し稼業の金主の家中の間取りや手薄の処を全て握って手引きすりゃ、鴉一味にとっちゃぁ願ったり叶ったりだ。その左平次って男、おめえの顔馴染みだって云ったな。それとなく、探りを入れてみな。それから、小石川の橘屋の方もな。伊之助にも手伝わせるんだ」

「へえ、早速明日から、動いてみやす。……ただ、旦那《だんな》ァ。今の今まで口をつぐんでおりやしたが、その人形町の左平次って野郎は、顔馴染みどころか、あっしとは曰く因縁付きの、この左腕に前持ちの筋二本を彫り込まれる因《もと》となった野郎なんで……。また面《つら》突き合わせたら、女じゃねえが焼け棒杭《ぼっくい》に火が点《つ》いて、ひと悶着《もんちゃく》ありそうな気がするんでさぁ」

眉間《みけん》に皺《しわ》を寄せて、左袖の中に右手を突っ込み、前科の証の入れ墨を擦《さす》りながら、深刻そうに云った。

「よぅしわかった。その左平次の方は伊之助に当たらせよう。オメエは面突き合せねえ方がいいだろ、また血の雨降らせて伝馬町送りなんてぇことになったら詰まらねえ……そういう事だろ？」

「流石《さすが》は旦那。分かって頂いて有難うございやす」

頭を下げる弥吉に漂う寂寥《せきりよう》感というか、孤独感というか、同じ左腕に想いの籠った者同士に相通ずる寂寞《せきばく》さを、龍三郎は感じ取った。

「ただ気を付けろよ。もしもその左平次って野郎が、二代目鴉組と気脈を通じてやがると、おそらく最後は首領に辿《たど》り着くだろう。親玉は権兵衛の弟の薄玄次郎って浪人者だと睨《にら》んでるんだが、その侍《さむれ》ぇが俺の左腕をぶった斬った張本人よ。兄貴の権兵衛と同じ侍ぇ崩れ、中条流の遣い手だ。弥吉、オメエは知らねえが、去年の夏、浅草寺境内で、伊之助とお藤の目の前でヤラレたんだ。一刻も忘れたこたぁねえ。俺もアイツにゃ遇《あ》いてえと思ってるんだ。思い出すといつもこの傷痕が疼き出しやがる」

遠く夜空の星に目を遣る龍三郎が放つ凄愴《せいそう》な気を感じ、弥吉の背にゾクッと冷気が走った。いつも見る龍三郎ではなかった。

蒼暗い夜空に流れ星がひとつ、流れて消えた。

「だから、見付けたらまず俺に知らせるんだ。いいな、決して一人で突《つ》っ走《ぱし》るんじゃねえぞ」

「へぇ、よっく分かりやした。肝に銘じやした」

弥吉が低頭したその時、板間との境の障子が開いて、お藤が盆に銚子二本と肴《さかな》を添えて現われた。

「お前さま、寝酒に一杯どうだい、弥吉《やき》っつぁんも一緒に」

「おぅ、気が利《き》くじゃねえか、丁度、一杯《いっぺえ》飲《や》りてえと思ってたところで、今夜は伊之《いの》の野郎、遅《おせ》ぇなぁ。何してやがるんだろ?」

「そうだねえ、さっきは夕餉にも帰って来なかったし……髪結いの仕事なんて、もう暗くなったらありゃしない筈《はず》だよねぇ」

「岡場所辺りでチョイとしけ込んでやがるかな? ま、そのうち帰《けえ》って来るだろうぜ。おぅ弥吉、さぁ一杯いきねえ」

「へえ、頂きやす」

弥吉が両手で盃を捧げ、銚子を傾けたその時、表の格子戸の開く音が――。弥吉の地獄耳が聞き逃さない。

「あっ、アニさんが帰って来やしたね」

ひっそりと土間との境の障子が開き、伊之助の蟹《かに》面が覗いた。

「遅くなって済《す》いやせん。只今帰りやした」

小腰を屈《かが》めて座敷へ入り、龍三郎、お藤の前に弥吉と並んで端座した。

「伊之、何やってた、こんな遅くまで。腹が減っただろう。おい、お藤」

立とうとするお藤を、伊之助が慌てて止めた。

「あっ奥様、屋台で二八蕎麦《そば》を引っ掛けて来やしたからもう……。旦那、聞いておくんなさい。実は今日、七つ（午後四時）過ぎ頃、堀田屋敷へ忍び込みやしてね……やっぱ五千石ともなるてえと、その広《ひれ》ぇことと云ったらもう。お大名のお屋敷と変わりがありやせんねェ」

「オメエよく大名屋敷を知ってるじゃねえか」

龍三郎が盃傾けながら茶々を入れると、

「ままま、そこんとこは深く突っ込まねぇで……そいでね、庭の隅にでけぇ道場が建ってやしてね。家臣二、三十人と隼人正が凄《すさ》まじい稽古をしてやしたぜ。あの火傷の痕を引き攣《つ》らせて、狂ったようにご家来衆を打ち据えて。よっぽど憂《う》さが溜まってやすぜ、あの様子じゃぁ」

伊之助が一人納得して、何度も自ら首肯《しゅこう》しながら、腕組みしてしたり顔で云った。

「今度は天井裏か軒下かどっちだ？　危ねえ真似しやがる」

「へえ、お先っ走りで申し訳ありやせん。でもね、夜まで粘った甲斐《かい》がありやした。昼間、御目付の柏木監物さんとやらともう一人が乗り込んで、吟味検分のお調べがあったらしいんですがね、上手く丸め込んだと側用人の兵庫之介とかいう奴とほくそ笑んでおりやした。芸者の無礼討ちは、蟄居謹慎で軽いものよ、お咎め無しと同じだ、なぁ～んて、うそぶいておりやしたねぇ。……弥吉っつぁん、悔しいねぇ。仇《かたき》が討ちてぇねぇ」

虚空《こくう》に目を遣る弥吉の眼が一点を睨んで鋭い。

（女房お袖が妹分の仇ッ）と。

伊之助の天井裏での盗み聞きの報告はまだ続く。

「それよりも、家督《かとく》相続で、廃嫡《はいちゃく》願いの取り下げが叶うや否や直ぐ、父親の右京之亮に毒を盛ったらしいですぜ。どうやらそれが、側用人の兵庫之介って奴の差し金、入れ知恵らしいです。嫡男の尚勝にべったり取り入っていたのを、父親に疎《うと》まれて、用人の座も危うかったらしい。あの屋敷をお払い箱になる前に父親を亡き者にしちまえば、わが身は安泰《あんたい》。尚勝の後見《こうけん》ともなれば、側用人として五千石の大身旗本家中の権勢《けんせい》を握り、テメエの思うがままに操れると踏んだようでござんすねぇ。餓鬼《がき》の頃から、左利きを直せとそりゃあ厳しい躾で、遂には酷《ひど》い火傷まで負わされ、父親に対して恨み骨髄《こつずい》って嫡男尚勝を、側で焚きつけて、仕舞いにゃ当主を毒殺……。結果、暴君のできあがり、左袈裟斬りが何故いけない、世の中の奴らに見せ付けてやるんだ、とこの辻斬り騒ぎでさぁ……」

「なるほど。分からねえじゃねえが、テメエの気持ちを満足させるためだけに、罪もねえ町の人たちを滅多矢鱈《めったやたら》に斬り捨てやがって……その兵庫之介って野郎も一蓮托生《いちれんたくしょう》だなぁ。おい伊之、俺ぁ今度は何処で辻斬りに立ちゃいいんだ?」

「旦那ァ、そんなことあっしに云われたって……四六時中表門の前で待ち伏せてるってぇ訳にもいきやせんしねえ。穴倉に閉じ籠《こも》っていつ何刻《なんどき》、外へ出て来るか皆目《かいもく》分からねぇってえのに、朝っぱらから晩まで張り込むなんて気の長《なげ》ぇことも出来ねえし……どうしやしょう?」

「莫《ば》っ迦《か》野郎、何か妙案はねえのか?　野郎を誘《おび》き出す……。おぅ、弥吉も頭絞れ。よぉし、また黒田屋敷みてえにこっちから乗り込むか。出て来たらいきなりぶった斬って『斬り捨て御免候、では、さらば』ってなどうでえ、簡単でイイだろ?」

「旦那ぁ、家来衆が三十人もいるんですぜぇ。たった一人でそんな突拍子《とっぴょうし》もねえことを……」

「じゃあまた、何処ぞで辻斬り事件が起きるまで待って、殺《や》られたら駆け付けるのかぁ。畜生《ちくしょう》ッ、それじゃ間に合わねえんだ」

龍三郎、弥吉、伊之助が鳩首《きゅうしゅ》談合しても、思案投げ首の体《てい》であった。

三人寄っても、文殊の智恵は浮かんでは来なかった。

三

「旦那ッ、イイ事を思い付きやした。こんなのぁどうでげしょう?」

伊之助がぽんと掌《てのひら》に拳《こぶし》を打ち付けて、膝を乗り出した。

「何でえ、嬉しそうじゃねえか。云ってみな」

「へえ、目安箱《めやすばこ》に直訴《じきそ》するってえのはどうですぃ? 辻斬りに狙われた本人のあっしが届けるんでやすから、間違《まちげ》えござんせん。明日は確か二日ですぜ」

「なるほど、そりゃ面白えなぁ。オメエは頭巾《ずきん》をひん剝《む》いて、火傷の痕をしっかとその眼で見てるんだからなぁ。それと切られた半纏も証拠の品だ。ようし、直ぐに訴状を書いてみな。オメエの字で、オメエの考え通りにな」

目安箱とは、八代将軍吉宗が享保六年（一七二一）に立案し、政治・経済から日常の問題まで、町人や百姓の要望や不満を直訴させた制度である。長さ五尺、幅二尺、高さ一尺ほどの衣裳箱くらいの大きさで鍵が掛けられ、江戸城辰ノ口《たつのぐち》の評定所前に毎月二日、十一日、二十一日の月三度設置され、回収された投書は将軍自ら検分した。しかし十一代家斉がその責務を全《まっと》うしたとは考えられない。女色に溺《おぼ》れ大奥に入り浸《びた》りの状態では、せいぜい老中首座水野忠邦止まりだったろうと推察される。

だが〈享保の改革〉と呼ばれたこの制度のお陰で〈小石川養生所〉が設置され、火事が多発する江戸の町に〈いろは四十八組〉の町火消が整備されたのだ。

この二、十一、二十一日の三日間は五つ（午前八時）から九つ（午後零時）まで評定所前に箱が設置され、投書は住所、氏名の記入式で、それの無い訴状は破棄焼却された。嘘八百の密告訴状も多かったからだ。

目安箱はその翌日、江戸城本丸まで目付役が付き添い老中の用部屋に担ぎ込まれた。そのあとは御側御用取次ぎ、坊主肝煎《ぼうずきもいり》が取り次ぎ、小納戸頭取《こなんどとうどり》、小姓も下がらせ、将軍自らが持つ鍵で目安箱を開封するという厳重な管理下に置かれていた。

『怖《おそ》れながら、かくかくしかじか……』と嘘偽《いつわ》りのない出来事を、伊之助なりの文言《もんごん》で直訴しようという企《くわだ》てだった。

『この間卯月十八日、戌《いぬ》の下刻（午後九時）頃、両国広小路裏で四人のお侍に囲まれ、あわや辻斬りの寸前、足が速く素早かったお陰で間一髪《かんいっぱつ》難を逃れました。その際、頭目《とうもく》らしき侍の頭巾に隠れた火傷の痕を確かにこの眼で見ました。つきましては旗本御家人取締りのお目付様に吟味お取調べをお願い致したく直訴申し上げます。只今お江戸を騒がす辻斬りの下手人と目されるお武家は、直参旗本五千石、堀田隼人正尚勝様でございます。襲われた直後、後を尾け、住まいを突き止めましてございます。浅草御門を渡って左へ折れ、右側酒井左衛門尉様お宅を右に四軒目、池田内匠頭宅のお隣に住まう堀田隼人正尚勝様に間違いございません。宜しく御吟味のほど御願い申し上げます。八丁堀同心組屋敷、結城龍三郎方、廻り髪結い伊之助記す』

金釘《かなくぎ》流の下手くそな文字であったが、その分、訴人の真情が溢《あふ》れていた。

「おぅ上出来じゃねえか。伊之、こいつを明朝、目安箱に投げ入れて来な。まあ、三、四日後に、御登城なされたお奉行に、御目通りの老中幕閣《ばつかく》に探りを入れてもらうからな。身許《みもと》も確かな訴状だ。御目付だって握り潰す訳にゃあ行くめえ。若年寄《わかどしより》配下の目付が堀田家へ再吟味再検分で訪れるだろう。その際この俺も目付衆に化けて同道し、カタをつけちまおう。どうでえ、イイ考えだろう？」

「旦那ぁ、チョイと乱暴過ぎやしませんかい？」

弥吉が心配げに眉を潜めて云った。

「だってオメエ、冬ごもりの熊みてぇに穴に閉じ籠《こも》って出て来ねえんだから、こっちから乗り込むよりほかに仕様があんめえ。よしッ決めた。明日お奉行に会って来らぁ」


翌日九つ半（午後一時）、龍三郎は榊原忠之に拝謁のため奉行所を訪《おとな》った。また中間の作蔵が、嬉しげに小走りで駆け寄り迎えてくれた。

「結城様、お出《い》でなされませ。先ほどお殿様もお城からお戻りなされて、中食《ちゆうじき》も済まされました。お取次ぎ致しましょう」

「おぅ作爺《さくじい》も元気そうじゃねえか。頼むぜ、お手間は取らせねえってな」

「畏《かしこ》まりました、どうぞ、お出《い》でなされませ」

ここ榊原忠之邸の長い廊下を歩きながら庭に目を遣ると、いつも季節の移り変わりを肌で感じる。庭の木々は青々と茂り、汗ばむ陽気と強い日差しに夏の到来の気配も感じる。

作蔵がいつも通り居室前で跪《ひざまず》き、龍三郎の訪いを告げた。

「おぅ、龍三が参ったか。さぁ入れ入れ」

文机《ふづくえ》の前に端座して何やら調べ書きに筆を走らせていたが、文机を押しやり、龍三郎に向き直った。龍三郎は座るやいなや単刀直入に切り出した。

「御前、卒爾《そつじ》ながら申し上げます。過日辻斬りに出遭い、難を逃れました手前の配下の髪結いが、件《くだん》のいきさつを全て己の言葉で書き記した訴状を、今朝方辰ノ口評定所前の目安箱に投げ入れ、直訴に及びました」

「何と。思いも寄らぬ手段に出よったのう。ふむ、面白い。それで」

忠之が興味津々の態で身を乗り出した。

「明日にも、お取り上げ下さったならば、ご老中より再度御目付の吟味取調べの命が下されるものと推察致します。しからば、その折には、それがしも目付補佐、横目付として同道させて頂きたく、よしなにお取り計らいくださいますよう、伏してお願い申し上げます」

「龍三、まさに奇策よのぅ。さりながら、こちらの身分をたばかって乗り込み、万一露見《ろけん》した時は如何《どう》申し開きを致す。相手は五千石の大身旗本ぞ」

旗本、御家人には手の出せぬ管轄《かんかつ》違いの町奉行としては当然の心配であろう。

二の足を踏む忠之に、龍三郎がもう一押し斬奸《ざんかん》の意義を申し立てた。

「御前、左様な些事《さじ》は取るに足らぬこと。まずは悪の張本人を観念させ、この辻斬りを停止《ちょうじ》と致さねば禍根《かこん》を残すは必定《ひつじょう》。切腹、お家断絶まで追い込めるかどうか……召し抱えの家臣達は気の毒な境遇に相成り申すが……」

忠之、一旦は深刻そうに思考したが直ぐに、決断し面白がった。

「ふ〜む。……ようし、やるべし。決行あるのみ。明日のお城でのご老中幕閣との閣議にて、目安箱のその訴状がお取り上げになり詮議されることになれば、上様から再度目付の吟味の命が下されるであろう。吉報《きっぽう》を待て」

四

翌々日、辰《たつ》の刻（午前八時）。薄鼠《うすねず》色の麻の着物の裾《すそ》を、貝の口に結んだ帯に巻き込み、仙台平の袴を着、麻の黒紋付袢で隆《りゅう》とした身形《みなり》にお藤が仕立ててくれた。龍三郎はお奉行の乗り物、引き戸付きの権門駕籠《けんもんかご》に乗り込んだ。

「お前さまのこんなご立派な裃姿を見るなんて、二度惚れしちまう。あたしゃ眩《まぶ》しいよ」

と、お藤が誇らしげに云ったものだ。

四布袴《よのばかま》で膝に三角白布をつけ、半纏を羽織って結んだ後ろ帯に短い木刀を差し込み、若党姿に扮した伊之助と弥吉が控える。駕籠の先棒が弥吉、後棒が伊之助だ。

上使横目付として、悪の巣窟《そうくつ》堀田隼人正屋敷へ御目付柏木監物と、戸田平左衛門になりすました轟大介共々乗り込むのだ。この役目をお奉行から仰《おお》せつけられた時の大介の驚き様は見ものであった。

『ええっ、この私が結城さんとご一緒に辻斬りの下手人堀田隼人正の屋敷へ？』

大介の反応たるや、さもあらんと頷ける仰天《ぎょうてん》ぶりであった。躰《からだ》は硬直し、顔面を朱に染め、武者震いかガクガクと小刻みに震え出した。『遣《や》ります、是非ご一緒にお連れくださ い。身命《しんめい》を賭《と》して』と意気込む大介に、お前はひと言も口を挟むな。いいか、今度も必ず鎖帷子《くさりかたびら》を着込めよ、と命じた。鎖帷子は同じく柏木監物にもだ。こちらに犠牲者を出したくなかったのだ。

龍三郎の心配が、ただひとつ。過日、堀田邸表門で待ち伏せ、鳥居源之進、沼田喜十郎の二人を斬り捨てた晩は微かな月明かりで、お互い人相風体《ふうてい》までは判然とは見分けが付かなかった筈だが、龍三郎の片手での斬り合いが彼奴等《きやつら》の目には異様に映ったのではあるまいか……？

横目付と偽《いつわ》って乗り込み見破られはすまいか……？

（ええい、その時はその時……）龍三郎は腹を括《くく》っていた。（開き直れば済むこと）と。

御公儀からのお達しが届いているため、堀田邸の表門は大きく開かれ、門番が二人、片膝突き低頭して仰々《ぎょうぎょう》しく迎えた。広大な前庭には玉砂利《たまじゃり》が敷き詰められ、玄関まで二十間（約三十六メートル）はあろうか、目付の伴侍が二人脇に付き添い、静々と立派な乗り物が三台、式台前に停まった。

引き戸が開き、跪いた伊之助、弥吉が揃える草履に白足袋《たび》の足を乗せて頷き、裃袴姿の偽装の目付たちが威風堂々と式台に上がった。

駕籠舁《かき》の六人の若党と伴侍二人には、表門脇の中間控え部屋で待機するよう指示が下された。

式台に片膝突いた堀田家家臣二人が低頭して両手を前に差し出し、重々しく云った。

「差し料をお預かり致しまする」

「たわけッ、本日は私事にあらず。御上御用目付役としての詮議で罷《まか》り越した。構えて邪魔立て致すではない。ましてや武士の魂を預かろうなどとは僭越《せんえつ》なる振る舞いじゃ。心して案内致せ」

横目付に扮した龍三郎の、小気味良い堀田家家臣への叱責《しっせき》であった。

広壮な屋敷内の広く長い廊下を歩き、招じ入れられたのは八十畳はあろうかと思われる大広間。既に左右に十名ずつの家臣が居並び、ご公儀よりの使者三名の目付を迎える様子――。龍三郎には、何やら隠された企てが感じられた。

「殿のお成りでございます」

と陰から声が聞こえ、右手に白柄《つか》の太刀を捧《ささ》げた眉目秀麗《びもくしゅうれい》な小姓が摺り足で出て来た。その後ろから、懐手《ふところで》で傲然《ごうぜん》と姿を現わした当主堀田隼人正が、七寸高の上座で金屏風の前に端座《たんざ》し、脇息に凭《もた》れた。

（まるで大名じゃねえか）

龍三郎は腹の中で思い、右手を付き、深々と辞儀《じぎ》した。

途端に――。

「無礼者ッ」

隼人正の脇に控える側用人兵庫之介が大喝《だいかつ》した。

「殿の御前であるぞ。片手懐で辞儀するなど無礼にも程がある。お目見え直参五千石、堀田家を何と心得るかッ」

顔面を紅潮させ居丈高《いたけだか》に罵《ののし》る兵庫之介を、平然と龍三郎は見返し口を開いた。

「それがし、元々、左手がございませぬ故《ゆえ》、これが癇《かん》に障りましたならば、御無礼の段、お許しくだされい」

隼人正と兵庫之介の目線が訝《いぶか》しげに絡《から》み合ったのを、龍三郎は見逃さなかった。先夜の闇の中での門前での辻斬り騒ぎ——思い当たったか？

「あいや暫《しばら》く。この者、本日は横目付として臨席させた結城龍三郎と申す者。卒爾ながら本日は、過日お尋ね致した右京亮殿急死の件に付き、今一度詮議致したく罷《まか》り越し申した。出来ますれば、ご家来の方々の人払いを願わしゅう存ずる」

柏木監物、押し出しも立派に対応した。隼人正の傍らから声が掛かった。

「出過ぎたことを申すな。家臣の同席は殿が差し許した。……さて、面妖《めんよう》な。その儀なれば既に評定にも掛かり、決着が付いた話ではござらぬのか。今更、故障を申し立てるのは如何かと存ずるが……申し遅れた。それがし、殿の側用人片岡兵庫之介と申す」

　ふてぶてしい態度は禄高家格の違いを思い知らせようとの魂胆《こんたん》が見え見えであった。五千石と千石――しかし、柏木監物も負けてはいない。

「これより役儀により言葉と容儀を改め整え申す。その方、側用人なれば、此度《こたび》の詮議への無用の口出しは推参《すいさん》なり。差し出がましいのじゃ、慎《つつ》しんで控えておれ。さて、隼人正殿、父御《ご》右京之亮殿急死の件に付き、今一度お訊ね致す。何度仔細《しさい》を承《うけたまわ》っても合点《がてん》が行き申さぬ。と申すは、死因に疑念これあり。過日、目付け役の権限にて、お手前らの菩提寺《ぼだいじ》の法然寺《ほうねんじ》の墓を掘り返し申した」

「何と申すかッ。これはしたり、先祖伝来の我が堀田家の墓を発《あば》いたとな。言語《ごんご》道断《どうだん》、役目を笠に着たその不埒《ふらち》なる振る舞い、掛かる仕儀《しぎ》を見過ごす訳には参らぬ。許さんぞォ！」

　図星を衝《つ》かれたのであろう隼人正の眼の玉が左右に揺れ、内心の動揺が手に取るように分かった。柏木監物、動ずる気配も見せず、泰然と続けた。

「かねてより阿蘭陀《おらんだ》にてシーボルトの門人として蘭学を学んだ御典医《ごてんい》杉井良順《すぎいりょうじゅん》なる医師が、腑分《ふわ》けを施《ほどこ》した結果、砒毒《ひどく》の所見が見られ毒殺と判明致した。如何《いかが》？」

「ううむ。何をもって……。墓を発いた挙句《あげく》、腑分けなどと不届き千万な……家督継承に付いては既に決着がついておる故、兎角《とかく》の詮議に及ばずとのお達しがあった筈じゃ。何を今更《いまさら》！」

上座に端座した隼人正の顔面に朱が走り、火傷の痕がピリリと歪んだ。

「疱瘡《ほうそう》の流行《はや》り病《やまい》との届け出ありと聞き及んでおったが、胃の腑は爛《ただ》れ、尋常にあらず。毒を盛ったは紛れもなしとの、医師杉井良順の所見であった。実の父に毒を盛って亡き者にするなど、神をも恐れぬ所業ぞ。得心《とくしん》のいく申し開きが出来るや否や。もはや言い逃れは出来まい。有体《ありてい》に申し上げよ」

柏木監物、まなじり決して舌鋒《ぜっぽう》鋭く、必死の詰問であった。

「これはまた、異なことを仰《おっしゃ》る。これは当家内の問題でござる故、御目付役のご介入はご無用に願いたい。それがし、全く身に覚えがござらぬが……」

隼人正は顔を横に天井を向いて、扇子で扇ぎながらうそぶいた。

ここぞとばかりに、龍三郎が切り込んだ。

「今ひとつッ。ただ今世情を騒がす辻斬り騒ぎは如何に！　実を申さば、先日、目安箱に投げ入れられた直訴状にて、不審のかどあり、当屋敷を訪《おとな》って厳重なる詮議を致せとのお達しが御老中より下ったのじゃ。目安箱の直訴状によれば、卯月十八日、戌の下刻頃、両国広小路裏の路上にて、四人の武士に囲まれ辻斬りに遭う寸前、顔面を隠す覆面の口元の帯を剝ぎ取り、その火傷の痕をしっかとその眼に焼き付けた、と申し立てておるぞ。半纏の裾も切られた由《よし》。どうじゃ、これも身に覚え無しと云い張られるのか。手練の左袈裟掛け……見事な斬り様であるが、罪もない無辜《むこ》の民を、己の邪《よこし》まな欲望のみで斬り捨て放題。恬《てん》として恥じぬかッ。お主に斬り殺された者の無念を思えッ、和やかであった一家の暮らしが一瞬のうちに奪われ、残された病弱な妻、未だいたいけな幼な子、年老いた母、皆が路頭に迷うのだぞ！　その方の愉《たの》しみのみで理不尽にも命を奪われた者の、残した家族への未練、残された者たちの行く末の不安を思ったことがあるか。その方への歯軋りしたい恨み、八つ裂きにしたい悔しさに思いを馳《は》せた事があるかッ！　どうだ！　少しも心が痛まぬのか。そこもとは人の面を被った獣《けもの》よ。鬼よ」

龍三郎は思う存分、思いのたけを迸《ほとばし》らせてなじった。

左右に居並ぶ家臣たちに、微かな動揺の色が視《み》てとれた。

家臣たちが一斉に刀に手を掛け、鯉口《こいぐち》を切る気配が広がった。

一瞬で空気が凍り付いた。殺伐《さつばつ》たる殺気が、この場を支配している。

側用人兵庫之介が、押し殺した声音で呻《うめ》くように云った。

「これ以上、難癖《なんくせ》を付け介入されるとあらば、刀に懸けても、という仕儀になり申すぞ」

龍三郎が平然と云い放った。

「ご随意に。我等ご公儀より、如何様《いかよう》に取り図ろうとも勝手たるべしの仰せを賜《たまわ》っておる」

後ろに控える轟大介の呼吸がせわしなく、龍三郎の首筋にまでその熱い息が掛かる。

「わっはっはっは、笑止千万、堀田家五十人の家臣を相手に、無事に我が屋敷を出て行けると思うてかッ」

隼人正が傲然《ごうぜん》と立ち上がり、小姓の捧げ持つ白柄の大刀を奪い、抜き放った。

左右に居並ぶ二十名の家臣も、羽織を脱ぎ捨て、股立《ももだ》ちを高く取ってばらばらと三人を取り囲み抜刀した。羽織を脱いだその下は、白襷を結んで準備万端の体《てい》で、機を待ち受けていたことが窺《うかが》い知れた。

打ち合わせ通り、柏木監物と大介の背が龍三郎の背に合わさり、それぞれ鯉口切って前面三方の敵に相対した。

柏木監物と大介は鎖帷子を着込んでいる。大介には、柏木を守れよ、と云い含めてあるが、己だけで精一杯か……？

龍三郎は、家臣は斬り捨てたくはなかった。が、右手で胴田貫を帯に差した。

鯉口は座した時から既に五分ほど鎺《はばき》まで切っている。

龍三郎が家臣一同を穏やかに見回し、諭《さと》すように云った。

「御家中の方々に申し上げる。この期《ご》に及んだなれば、命を懸けても主君に諫言《かんげん》致すのが誠の忠臣というもの。各々《おのおの》方のなされようは、主君にへつらうだけの佞《ねい》臣《しん》と申さねばなるまい。よぉく、お考えあれ、如何なされる？」

（家禄没収、お家取り潰し、明日からの浪々の身――分からぬのか）

龍三郎の衷心《ちゆうしん》からの言であった。

隼人正が大刀振り上げて喚《わめ》いた。その面は追い詰められた獣の叫びに似ていた。

「慮外者《りよがいもの》めッ、たった三人で乗り込んでの無礼不埒《ふらち》の振る舞い、片腹痛いわ。生きては帰さぬ。それッ、者共、掛かれッ」

龍三郎、堪忍袋の緒が切れた。

「莫っ迦野郎！　まだ分からねえか。この間、下谷広小路でテメエの頭巾をひん剝《む》いてその火傷の痕を暴《あば》いたのは俺の手下だ。先夜、表門の前で待ち伏せて、テメエの子分二人をぶった斬ったのもこの俺よ。真っ暗闇で気付かなかったかッ、どうでえ、思い出したか！」

龍三郎が裃の肩衣を跳ね上げると同時に、左斜め後ろから斬り込んで来た侍があった。片膝立てての逆居合い抜き打ちで斬り上げた——そ奴の腹から鮮血が迸った。それを合図に、怒濤《どとう》の如《ごと》くに家臣団が押し寄せて来た。

三人対二十数名、斬り掛かる喊声と刀刃の嚙み合う衝撃音が鳴り響いた。

龍三郎の肥後一文字は当たるを幸い、縦横無尽《じゅうおうむじん》に煌《きら》めき、手練の早業は右手が動けば必ず一人、斬り倒した。

躰に染み付いた早朝の千本打ち込みの鍛錬が勝手に刀を動かす。水を得た魚の如く、己に意思のある如く、流麗な刀の動きは留まることを知らない。

絶叫と悲鳴が渦巻《うずま》いた。混乱の極みだ。

と、背後で悲痛な叫び声が上がった。柏木か大介のどちらかが殺られたか？

振り返って確かめる暇はなかった。四方から囲まれては防げぬ。

この乱闘の中では背後には目が配れない。（何処か壁を背にしなければ……）

上座の掛け軸の掛かった板壁に突進した。

「大介ッ、続けェ！」

柏木も大介も付いて来る気配だ。

屛風の前に立つ隼人正と兵庫之介の二人がサッと左右に別れた。

立ち塞がる者は、右左に袈裟に斬り、胴を薙ぎ、真っ向唐竹に斬り割った。壁を背にすれば敵は三方向のみだ。三方から同時には斬り込めぬ。

互いの刀が触れて互いに傷付け合う事態を引き起こす。多くても二人を相手にすれば凌《しの》げる、と読んだ。

左右から同時に斬り込んで来た侍を、右側は抜き胴、左側は頭上で剣先を車《しゃ》に回して右袈裟で斬り裂いた。

生温かい湯のような血が降り注いだ。

龍三郎は、顔面に返り血を浴びて阿修羅《あしゅら》の形相《ぎょうそう》で立ち廻った。

新たに家臣共が駆けつけて来た気配――。

見れば、柏木監物も手傷を負い、鎖帷子が垂れて、血を滴《したた》らせながら、力を振り絞って刀を振るっている。このままでは、最早《もはや》、先は見えている――。柏木も、今度の詮議乗り込みには恐れ慄《おのの》いていた。

『何故《なぜ》今、この歳になって……』と。

聞けば、家には十歳を頭に娘ばかり三人と妻、家督を譲って隠居した父と穏やかな日々を送っているという。龍三郎は、お役目とは云え、辛《つら》い立場であろう、と推察した。(何としても、柏木監物は死なせてはならぬ、救うのだ)

その時——。

廊下から弥吉、伊之助の二人が駆け込んで来た。

弥吉は木刀と十手、伊之助は木刀と鎧通しを手に、顔面蒼白、躰が強張《こわば》った状態で、必死に龍三郎を助けようと命を投げ出して殴り込む。

「旦那ァッ」

二人が絶叫した。頭から血を浴び、全身血塗《ちまみ》れの龍三郎を見て、斬られたと思い込んだのだろう。二人には、返り血とは判別出来ぬ。

「莫迦野郎ッ、手を出すな。俺は無事だァ、引っ込んでろォ！」

二人は身を寄せて廊下と座敷の境に背を合わせて固まった。それでも各々《おのおの》、木刀と十手、鎧通しは構えている。敵《かな》わぬまでも応戦しようとの健気《けなげ》な決意が読み取れた。家臣にとって狙うは龍三郎と、残る、目付に扮した轟大介だけである。

——残りは十人ほどか。

血にまみれた座敷中に、斬り飛ばされた首が、腕が、足が、指がバラバラに散らばって凄惨《せいさん》極まりない――。

家臣たちは鬼神の如き龍三郎の剣捌《さば》きに恐れをなし、もう斬り込んで来る胆力も失われた模様だ。

肩で、ゼエゼエと呼吸し、尻込みして互いの顔を探り合っている。

「たわけッ、何を怯《ひる》んでおる。相手はたった四人、束になって討ち取れい。今こそ殿への忠義をお見せ致す時ぞ。死に花を咲かせる時ぞ、掛かれェッ」

兵庫之介が右に左に走り、家臣たちの背を突き飛ばし、押している。

「莫っ迦野郎！　兵庫之介、テメエみてえな奴を君側《くんそく》の奸《かん》と云うんだよ。勘弁ならねえ。テメエと、やい隼人正、今日までの外道《げどう》の振る舞い、天に代わってこの俺が斬り捨て御免だッ。見事、左利きの袈裟掛けで斬って来やがれッ。どうしたッ辻斬り！　無腰の女、子供、老人じゃなきゃ斬れねえか。哀れな奴よ、見下げ果てた野郎だな、テメエなんざぁ生きてる価値はねえッ。死ねェッ」

隼人正と兵庫之介に吐き捨てて、肩越しに振り返って云った。

「いいか！　残ったご家来衆の方々は手を出すんじゃねえぞ」

云い置いて、龍三郎は血を滴らせた肥後一文字を、地摺り下段にとっていた。

兵庫之介も、今までの龍三郎のその凄まじい迅業《はやわざ》を視て、容易に斬り込めぬ、と正眼に構えた。

一対一の果たし合いの様相を呈《てい》していた。

数瞬の間――。

「おのれぇ〜ッ」

兵庫之介が上段から斬り下ろしてきた。

必殺の拝み打ち――。

峰《みね》で弾《はじ》いた胴田貫をズブリと胸に突き込んだ。

「ウグッ」

仁王立ちで立ち往生の兵庫之介の躰から刀が抜けない。一瞬で肉が締まって突きも引きも出来ない、突き技は、突き三分引き七分と云われる所以《ゆえん》だ。

龍三郎の憤怒《ふんぬ》の思いが手元に伝わり、思い切り深く突き込んでしまったのだ。

まだ刀を振り被ったまま突っ立っている兵庫之介の腰に足を掛け、グイと引き抜いた。血を噴出させながら無念の表情で頭から畳に激突した。

と同時に隼人正が「キェ〜ィッ」と喊声と共に、破れかぶれの左袈裟斬りを放つ。凄まじい刃風を起こした。矢張り、人斬りに慣れている。

ガキッと宙空で弾き、跳び違った。

着地した龍三郎の顎《あご》から頸《くび》根にかけて、皮膚が破れ、血潮が滴り落ちていた。隼人正は勝ち誇った表情を面上に漲《みなぎ》らせて、又も得意の左袈裟斬りが襲った。必殺——龍飛剣。峰で擦り上げ、三尺ほど飛び上がって真上から斬り下ろした。

真っ向唐竹割りの一閃を浴びた隼人正の顔面は、眉間から顎まで真っ二つに断たれて割れた。

火傷痕が痙攣《けいれん》し、無惨な真紅の形相と化した。尚暫《なおしば》しその場に立ち、眼は龍三郎を睨みながら、そのうち二つに裂けて地響き立てて斃《たお》れた——。

龍三郎は、地摺り下段の残心の構えを解かず、絶命の隼人正を見届け、家臣たちに眼を遣った。

残った家臣たちは息を呑んで見守っていたが、目の前で主君が斬り斃されるのを見て、最早立ち向かう気力も萎《な》え、膝から力が抜けたのだろうバタバタと頽《くずお》れ、刀を投げ出した。両手を畳に突き、嗚咽《おえつ》し慟哭《どうこく》し始めた。肩を波打たせ恥も外聞《がいぶん》もなく、泣き声は益々大きくなる。

中の一人、二人が脇差を抜いて、着物を掻き分け、己の腹に突き立てようとしている。それを見た龍三郎が腹の底から叱咤した。

「莫ッ迦野郎！　追い腹なんぞの価値はねえ。こんな暗愚《あんぐ》の主君の跡を追って腹を切るこたぁねえんだ。腹切ったとて、忠臣とは云えねえぜ」

「し、しかし……しかし、かかる主君の最期を見捨てたとあっては、ぶッ、武士の一分が立ち申さぬ」

涙を流し喉《のど》を振り絞るように呻いて云う家臣。脇差を握る手が震えていた。

「何が、武士の一分だァ。じゃ勝手にしなよ。オメエにゃあ、二親《ふたおや》や、女房子供は居ねえのか？　仕えた殿様が悪かったんだよ。おめえ等にはお上からのお咎めはねえだろうぜ。これからの生業《なりわい》を考えろ。どう生きるんだ、よく考えてみろッ」

そう云い捨てると、刀を畳に突き立て、傍らの青息吐息の傷だらけの目付柏木監物に肩を貸して担いだ。大介も手を差し伸べる。

鎖帷子のお陰で命を取り留めた。見事に目付の御役目を果たしたのだ。

伊之助、弥吉が駆け寄り、手伝いの腕を伸ばした。なめし革を手渡し、

「済まねえ。弥吉、刀をきれいに拭《ふ》いてくんな。伊之、この血だらけの裃と袴を脱がせてくれ。心配《しんぺえ》するな、返り血だ」

柏木監物の若党中間も駆けつけ主人の面倒を看《み》て、乗り物に担ぎ込んだ。

江戸ご府内を騒擾《そうじょう》の渦《うず》に巻き込んだ、さしもの辻斬り事件も漸《ようや》く幕を閉じたのだ——。

五

まだ懸案が残っていた。また鴉権兵衛が現われたのだ。日本橋の豪商、札差《ふださし》〈錦屋《にしきや》〉伝兵衛《でんべえ》方——総勢二十名の家族、雇い人が、老いも若きも惨殺された。金蔵ではなく、主人の寝所の床下に隠した五千両が奪われたのだ。金の在り処《ありか》を吐けと強要された形跡は見られない。主人伝兵衛、内儀のおみよ、娘のお光に何ら責められた痕がないのだ。金の隠し場所を知っていたという証だ。

やはり、人形町の左平次との利益を共有する腐れ縁、前以ての聞き込み、手引きがあっての、鴉組の犯行なのか？　龍三郎が、伊之助に探らせようと指図《さしず》していると、

「もう黙っちゃいられねえッ」

龍三郎の、おい弥吉、チョイと待ちな、との制止の声も振り切って、弥吉が血相変えて、八丁堀組屋敷を飛び出して行った。

って姿を消した。

「伊之助、追うんだ」
「へえ、承知致しやした」
伊之助が裾を尻端折《しりはしょ》りに捲《まく》り上げて、韋駄天《いだてん》の本領発揮で楽々と弥吉の後を追

昨日――。辻斬り事件も無事に落着したと安堵《あんど》し、奉行所の榊原忠之に拝謁したのだ。登城した榊原は老中幕閣に、目付が無事役目を果たしたと事細かに報告し、数ヶ月に渡ってご府内を騒がせて、町民を恐怖の坩堝《るつぼ》に陥《おとしい》れた元凶を成敗したと、奉行として株を上げた。

龍三郎には特別報奨金三十両が下賜《かし》された。有り難く頂戴した。伊之助、弥吉にもそのおこぼれは五両ずつお裾分けされた。二人は恵比寿顔で押し頂いた。その代償は、顎に受けた長さ二寸ほどの刀傷――。

どうってこたぁない、修羅場に身を置く龍三郎にとっては、勲章みたいなものだ。

夜になって組屋敷内で、主従三人、お藤の精一杯の馳走《ちそう》で祝杯を挙げていた。
『旦那の血みどろの姿を視たときにゃ、てっきりもう殺られたと思いやしたぜ。

スイヤセン』

と伊之助と弥吉の二人が、喧《やかま》しく昨日の模様をお藤に、身振り手振りの仕方話で報告していた時だ。話の流れの勢いで、弥吉の左腕の二本の入れ墨に話が及んだ。

『旦那、奥様、アニさん、聞いてやっておくんなさい。あっしのこの入れ墨を彫られたお恥ずかしい経緯《いきさつ》を……』

弥吉が己の過去を洗いざらいぶちまけたがっているように思われた。

『おぅおぅ、弥吉、いいんだぜ。無理するな、嫌な思い出なんだろう?』

『いえ、それが、今度の押し込みに関わっているらしい人形町の左平次の野郎が絡んでいやがるんで……』

『ふぅ〜ん。胸に仕舞って置けなきゃ、喋っちまいな。いいぜ、聴くよ』

『へえ、実は……』

意を決したかのように、グイッと一息に盃を呷って話し出した。

——三年前、弥吉二十九歳の頃。深川門前仲町で〈門仲《もんなか》のお貸元〉〈門仲の弥吉親分〉と町の人に慕《した》われ、困った人を助け、阿漕《あこぎ》な悪さをする奴らを懲《こ》らしめ、それこそ弱きを助け強きを挫《くじ》いて、任侠《にんきょう》で売っていた頃だったそうだ。

手下三、四人を使い、あっちの店賃の値上げ、こっちの金貸しの取立て、借金の返済引き伸ばし、夫婦喧嘩《げんか》の仲裁、縁日の場所割り等々、縄張り内を東奔西走《とうほんせいそう》、休むことなく町衆の相談に乗り、日々起こる諍《いさか》いの種を解決していた。番所や町役の手の及ばない揉《も》め事を上手く取り仕切って、町中から頼りにされていたのだ。

そんな矢先、川向こう、大川から出張って来た人形町の左平次という、腰に長脇差《ながどす》、前帯に十手をブチ込んだ、二足の草鞋《わらじ》を履く岡っ引きが、門仲の縄張り内までのさばって来たんだとか。

丁度その頃、弥吉が情を掛け、何かにつけて気にしていたお袖という、今の女房にチョッカイを出して来たのだ。弥吉の口利きで料理茶屋〈喜楽〉に仲居として勤めていたが、年老いた病持ちの父親と二人住まいの長屋に押し掛け、親切ごかしの猫撫《な》で声で、貸した金はある時払いの催促なしだと恩を売り、俺が囲うから情婦《いろ》にならねえか、とそれはもう虫唾《むしず》の走るような口説きと嫌がらせだったらしい。

三人の子分を顎で使い、またこいつ等が残酷な性根を持った奴らで、深川門前仲町の町衆には蛇蝎《だかつ》の如く忌み嫌われていたとか。ただ食い、ただ酒、袖の下をせびる、とやりたい放題。

そんなある日、お袖がこの三人の子分に拉致《らち》され、葦《あし》の生い茂る川端の小屋に押し込まれるところを、折よく、弥吉の手下の勘八《かんぱち》というのが見掛け、親分、大変だぁ、とご注進に及んだ。

血相変えて駆けつけて見れば、いままさにお袖が左平次に手籠めに遭う寸前だったとか……帯は解かれ、見るも哀れなしどけない格好で小屋の隅に追い詰められていた――。

カッと頭に血が昇った弥吉は、思わず懐に巻いた晒《さら》しから匕首《あいくち》を引き抜き、左平次、テメエ、汚ぇ真似しやがって、と、突き掛かったそうだ。

左平次も十手ならぬ長脇差を引っこ抜いて、子分三人も加わって大立ち回りになった。阿修羅の如き弥吉の獅子奮迅《ししふんじん》ぶりに左平次も子分たちも、たじたじと逃げ腰の有り様だったらしい。

弥吉の匕首が左平次の左頰を抉った。子分の三人も浅手を負った。もはや手向かう気力を無くした連中から、お袖を奪い返し、その足で自身番へ自訴したそうだ。

取調べの結果、喧嘩両成敗、相手に傷を負わせた科《とが》により、伝馬町牢屋敷送り

――。しかし、多勢に無勢、双方刃物を持っての争い、お袖の訴えなどが酌量《しやくりよう》され、牢屋敷前で百敲きの笞打ち刑の軽いお裁きで済んだ。

で、解き放ち前に、左腕に咎人の証である二本の入れ墨を入れられたという経緯だった。

その後、父親も病で亡くし、天涯《てんがい》孤独となったお袖と所帯《しよたい》を持ち、慣れ親しんだ深川門前仲町も引き払った。神田連雀町でお袖と二人つつましく小料理屋を営《いとな》み、牢内で聞いた龍三郎の男気に惚《ほ》れて、伊之助を通じて岡っ引きに雇われたという次第だ。

今の弥吉は、地獄耳という二つ名に恥じぬ聞き込みで、文字通り龍三郎の耳目となって文句無しの献身ぶりだ。

その弥吉が今、『もう黙っちゃいられねえ』と血相変えて飛び出したのだ。無茶をしないよう、伊之助に後を追わせたが――。

残った龍三郎とお藤の二人は、しみじみと盃を交わした。いみじくもお藤が溜息まじりに云ったものだ。

「弥吉っつぁんとお袖さんて、あたし達の馴《な》れ初《そ》めに似てるねぇ」

「そう云やぁそうだなぁ。思い出すかい、お藤？　あの頃を」

龍三郎は懐かしむように遠い目線で虚空に眼を遣った。まだそんな昔ではない、ほんの数年前の事だった。

六

人形町橘稲荷神社脇の一軒家に左平次が一家を構えていた。弥吉の言によると、近所にはかなりの悪名を轟《とどろ》かせているらしく、良い噂は全く聞かなかったという。

根城を突き止めたからには、昼夜分かたず連日張り込むつもりだ、と弥吉は今日も朝から出張っている。左平次に対する執念、過去の因縁が、弥吉を突き動かす原動力となっているのだろう、眼の色がいつもと違っていた。

橘神社斜め前の、左平次の家が見渡せる蕎麦屋〈いろは〉の二階の一角に、『お上御用』と十手に物を言わせて乗り込み、張り込んでいる。

十手持ちが十手持ちを見張る、という状況に、蕎麦屋の亭主は訝《いぶか》しがったが、左平次に思いもよらぬショバ代を請求されて毛嫌いしていたので、快《こころよ》くその場所を提供してくれた。蕎麦屋二階が張り込み場所なので、以前のように、伊之助がお藤の作った弁当を運ぶ手間は省《はぶ》けたが、矢張り二人は交代で張り番に付いた。

朝五つ半（九時）、蕎麦屋の開店前から、弥吉は張り込んだ。

左平次は三人の子分の内の一人を伴に、毎日何処かへ出掛けて行く。

三年ぶりに見た左平次は四十を超えたかどうか、それなりに貫禄《かんろく》を付けて、弥吉の匕首が抉った左頰の傷痕は、深い皺のように凹んでいた。逆にその傷は左平次の凄みを強調して、丁度具合の良い看板を背負っている格好だ。

弥吉は獲物を狙《ねら》う猫のように、しなやかに後を追う。殆《ほとん》どは人形町、浜町《はまちょう》、馬喰町辺りを、肩をそびやかせて歩き、住民に顎をしゃくって挨拶を返すという傲慢《ごうまん》な悶っ引き姿で、縄張りを見廻っていた。

弥吉は十間（約十八メートル）から二十間（約三十六メートル）ほどの距離を置いて、付かず離れず巧《たく》みな尾行であった。何軒か大店の暖簾を潜《くぐ》った。

その度に弥吉は、民家の軒下や立ち木の陰、天水桶に身を寄せて隠れ、様子を窺《うかが》った。大体は四半刻（三十分）もすれば、番頭か主人らしき者に送られて、傲然と暖簾を撥ね上げて出て来る。多分、袂の中には袖の下のお捻《ひね》りが入れられて上機嫌なのだろう。

ところが、浜町の呉服問屋〈丁字屋《ちょうじや》〉には一刻（二時間）も長居した。

（明日もう一度、この丁字屋を聞き込みし直さなきゃいけねえな）

と、弥吉は胸に刻んだ。


「御免よぉ」

翌日、弥吉は、下っ引きに扮した伊之助を伴に、呉服問屋丁字屋の暖簾を潜った。早速腰の十手をチラつかせて番頭に御用風を吹かせた。

「ご亭主にお目に掛かりてえんだが、岡っ引き弥吉ってもんだ」

「はいはい、少々お待ちくださいまし」

嫌々ながらの応対といった感じで番頭が奥へ引っ込んだ。

待つほどのこともなく、直ぐに主人の与右衛門《よえもん》が揉み手をしながら現われた。二重顎に弛《たる》んだ頬の、五十年配の恰幅《かっぷく》のよい亭主だった。

「おう、ご亭主、つかぬ事をお尋ねするが、押し込みの用心は充分にしているかい？　今お江戸を騒がせてる二代目鴉権兵衛一味のこたぁ知ってるよなぁ」

「はい、それはもう。でも、昨日も別の親分がいらして、何故今日もまた……」

「ああ、昨日は人形町の親分が寄ったってなぁ、聞いてるぜ。して左平次親分は戸締りや普請造作の図面を見たかい？　金蔵の在り処とか」

「はい、それはもう事細かに。でも手前どもでは、腕の立つ用心棒のご浪人の先生方を五人も雇っておりますので、ご安心なすってお帰りになりました」

「あぁ、そうかい。それじゃ大船に乗ったも同然だ。邪魔ぁしたな」

「あっ、親分、これは些少でございますが」

と小粒を包んだお捻りを袂に入れようとする。

（一両には欠けても、二分か、三分か……）と弥吉は推量した。

「いやいや、ご亭主、おいらにはそんな心配は無用なんだよ」

手を振って断ると、えっ？　と不審そうな表情が固まった。

日常茶飯事の岡っ引きへの袖の下、賄賂《わいろ》なのだ。断られたのは初めてなのだろう。

「おっと、忘れてたぃ。左平次親分を雇ってる同心の旦那は誰方《どなた》だったけ」

「さあ。私どもへは、北町の与力、土屋様とご一緒に何度か……」

「へえ〜、そうだったかい。……邪魔ぁしたな、ありがとよ」

表通りへ出るとすぐ、伊之助が肩を並べてきて、

「弥吉っつぁん、流石に水を得た魚だねえ。押し出しも見事な、いい格好した親分ぶりだ。おいらみてぇな廻り髪結いの、相手の御機嫌を窺いながらのへいこらした聞き込みたぁ格が違わぁ」

「アニさん、冷やかさねぇでおくんなさいよ。だが、いい目星が付きやしたぜ。早速旦那にご注進申し上げねぇと。どうやら北町の土屋様って与力の旦那が絡んでるみてぇだなぁ」

「丁字屋に絞っちまっていいのかい。あとの二、三軒の大店は？」

「あっしの勘じゃ、他は四半刻も掛けねぇで、おざなりな聞き込みだった。ところが丁子屋には一刻も腰を据えた。次の押し込み先に違《ちげ》ぇねぇと、見当をつけたんでやすがねぇ」

自信たっぷりの弥吉の言い草だった。二人揃って真っ直ぐ八丁堀組屋敷へ駆け付けた。


翌朝、龍三郎は呉服橋の奉行所へ顔を出し、榊原忠之に拝謁し、探索の結果を報告した。またぞろ配下の与力が絡んでいるらしき成り行きに、忠之は苦虫を嚙み潰したような渋面《じゅうめん》を作っていたが、

「獅子身中《ししんちゅう》の虫は一刻も早く、その悪い芽を摘み取らぬとなぁ。そうか。またこの北町に一匹巣食っておったか。龍三、その方だけが頼りじゃ。思う通りに働いてくれ、斬り捨てても遠慮するなよ」

こう全幅《ぜんぷく》の信頼を寄せられては、龍三郎もお奉行の期待に応えるべく、一身を投げ打ってでも責を果たさねばならぬと、心に燃えるような決意を固めた。

己の左腕の私怨《しえん》も絡んでいるから、その熱さは留めようもない。

「御前、此度も、以前の磯貝三郎兵衛同様、緘口令《かんこうれい》を布《し》いて、決して土屋甚五郎に、己の身に疑いの目が及んでいるということを気付かせてはなりませぬ。宜しゅうご配慮のほどお願い申し上げます」

「うむ、無論じゃ。したが面白いのぅ、土屋の顔を見ても知らぬ顔の半兵衛を決め込むのじゃな。よぅし、龍三、思う存分励んでくれ、頼むぞ」

忠之の前を辞してから、同心溜まり部屋へ顔を出したが、轟大介は受け持ちの深川八幡門前町辺りの定町廻りで出掛けて留守であった。同僚の島田伊十郎に言《こと》伝《づて》を頼んだ。あとで、俺の処へ寄ってくれ、と——。

暮れ六つ、夕餉の膳を、伊之助、弥吉、お藤と四人で囲んでいた。その時、玄関の格子戸が開き、若々しい弾んだ声が聞こえた。

「御免ください、轟大介でございます。結城さんはご在宅ですか」

「おぅ大介か、上がれ上がれ。夕飯はまだだろう。一緒にどうだ？」

「はぁ、では遠慮なく」

声と共に轟大介の顔が覗いた。十軒先に住まう轟家は、既に家督を息子に譲り隠居した父親と母親、妹と四人暮らしであった。ご多聞《たぶん》に漏れず轟の家も敷地に長屋を建て、職人、商人らに賃貸し、その家賃を生計《たつき》の足しにしていた。

しかし、過日の辻斬りの堀田邸への詮議乗り込みの手柄により、龍三郎と同じくお奉行より頂戴した二十両の特別手当は、どれ程嬉しく、名誉であったことか。隠居した父親にもお褒めの言葉を頂いたと鼻高々であった。

まだ独り身の大介をたびたび自宅に呼び、一緒に酒を酌《く》み交《か》わし、龍三郎は可愛がっていた。伊之助と弥吉が箸《はし》を置き、挨拶した。

「轟の旦那、お先に馳走になっておりやす」

「おうおう、割り込んで済まねえ。結城さんがお呼びと聞き、取る物も取り敢《あ》えず駆け付けました次第で」

「まぁまぁ座んねえ。お～いお藤ィ」

「はいはい、用意は出来てますよ」

お藤の声が勝手口から聞こえた。

障子が開いて、膳の上に銚子とつまみの肴を載せて、お藤が姿を現わした。

「奥様、いつもお手を煩《わずら》わせて申し訳ございません」

恐縮する大介に龍三郎が酒を注ぎながら、弥吉、伊之助に向かって、

「おい、オメエらももう飯はいいだろう。酒をいきねぇ」

「へえ、恐れ入りやす」

弥吉が直ぐに応じて盃を差し出した。伊之助は盃を伏せて、

「あっしは不調法なもんで……飯の方を」

「結城さん、今日はまた何故私を……」

盃を干して大介が身を乗り出した。

「それよ。大介、また北町に黒い鼠《ねずみ》が一匹いやがった」

「えっ？」

「鴉一味の内通者よ。以前の磯貝と同じだ。押し込みの目こぼしと手引きだ」

「だ、誰です……何者です？」

「与力の土屋甚五郎だよ」

「……まさか、また……。しかし、近頃は羽振りも良さそうです。水茶屋や料理茶屋に頻繁《ひんぱん》に出入りしている模様で。あの厭味たっぷりの嫌われ者がねぇ……鴉一味と同じ穴の狢《むじな》でしたかぁ……」

「それでだなぁ大介、オメエには奉行所内での奴の動きに眼を光らせておいて貰いてえ。気付かれねえようにな」

「はぁ、それはもう決して……私の役目はそれだけですか。もしまた、乗り込むような事態になりましたら、是非お伴をさせて頂きたく……」

「おぅおぅ、そう逸るな。その時にゃあ、また手伝って貰うよ。まぁ、今宵は存分に呑もうじゃねえか。おぅ弥吉、遠慮するなよ、ホレ」

「へえ、すんません、何せ好きなもんで、頂きやす」

照れて左手で首の後ろを撫ぜながら、盃を差し出した。左袖が捲れて、二本の入れ墨痕がちらっと見えた。

目敏《めざと》く見付けた大介が一瞬訝しげに眉宇を寄せた。それを察したらしい伊之介が弥吉の袖を引っ張り、

「弥吉っつぁん、そろそろ張り込みに出る時刻だ。あんまり酔っぱらっちまうと、お役目が務まらねえぜ」

「おう、そうだったな。済まねぇ済まねぇ。けど、今夜あたりは動かねぇんじゃねぇかなぁ？　奴らぁ」

「何故そう思うんだ、弥吉」

「へえ、今日は仏滅で、歳刑神《さいぎょうしん》って云いやしてね、刑罰を司《つかさど》る凶神が天空におわすと、そりゃぁおっ怖《かね》ぇ日なんで。へっへっへへへ、いやあっしの勘ですよ、こりゃあ」

「ほぉ〜、オメエは易占《えき》いにも凝《こ》ってるのかい？」

「さぁ弥吉っつぁん、詰まらねえことを云ってねえで出掛けようぜ」

伊之助が気を遣って、弥吉の袖を引っ張った。

「おう御苦労だが、頼むわなぁ。おう弥吉ッ」

呼び止められ、へっ、と振り向いた弥吉に、笑って龍三郎は云った。

「易占いなんざ、当たるも八卦、当たらぬも八卦と云ってな。当たりも外れもあるんだ。あまり大袈裟に気にするんじゃねえぞ《めえ》」

「へえ、痛み入りやす。そいじゃ行って参りやす。奥様、御馳走様でした」

そそくさと出掛ける二人を追って、お藤が立って玄関口まで見送る。御苦労様だね、の声と切り火を打つカチカチッという火打石の音がした。

轟大介が、両手付いて這い寄り、

「結城さん、何事ですか、私にもお手伝いさせてくださいよ」

「うむ。チョイと目星を付けた大店が浜町にあるんだ。昨日からそこをな、夜っぴて寝ずの番よ」

「結城さん、もうそこまで探索は進んでいるのですか」

「ああ。次の押し込み先じゃねえかと見当は付けてるんだがな、浜町の呉服問屋丁字屋よ。おいらも明日あたりからは、あの二人と一緒に張り込もうと思ってるんだが……弥吉を信じるかぁ」

「結城さ〜ん、私もお仲間に入れてくださいよぉ」

「ままま、おめえには土屋の動静を探るよう頼んだじゃねえか。それも大事な仕事だぜ。さ、もう一杯、夜はまだ長《なげ》ぇ、膝を崩しなよ」

「はっ、では遠慮なく」

心を許し合った者同士の酒はこの上なく美味いものだった。

七

四つ角の石灯籠と、斜め向かいの目の下に丁字屋が軒行灯《のきあんどん》を灯《とも》し、ぼんやりと黒い家並みの影を浮き上がらせている。

今度は小間物屋〈千草《ちぐさ》〉の二階の一角に占めた張り込み場所に、伊之助、弥吉の二人の姿があった。

ただ、酒のせいか弥吉は、横になっていつの間にか寝入って軽い鼾《いびき》を掻いている。弥吉の信じる易占いにより、今夜の押し込みはない、と頭に刷り込まれていたから、気も緩んでいるのだろう。安らかな寝息だ。

伊之助も早朝からの廻り髪結いの仕事の疲れで、こっくりこっくりと舟を漕《こ》いでいた。

先程一刻ほど前に、火の用～心、の声と拍子木の音が聞こえ火の番が通り過ぎた後は、辺りは静まり返っている。人っ子一人、犬の子一匹歩いていない。

回向院《えこういん》の鐘が九つ（夜十二時）を打って直ぐだった。

突如《とつじょ》――。

戸障子だろうか、何かが壊れる音が響いた。

ギョッとして飛び起きた伊之助が格子窓の障子の隙間にへばりつき、外を覗くと、表の潜《くぐ》り戸から覆面黒装束の一団が、一人、二人と千両箱を担いで忍び出て来る処――。

「弥吉っつぁん、弥吉っつぁん。ヤラれたぜ、起きろ」

外を覗きながら、弥吉の肩を揺すると、弥吉がびくっと跳ね起きた。

「鴉一味だ。ヤラれたッ、十二人《の》まで数えた」

伊之助を押し退けて障子の隙間から覗いた弥吉が、畜生ッと歯噛みして呻いた。

「畜生ッ、寝ちまったかァッ。おっ、あの二本差しが、鴉の親玉かッ……」

伊之助も格子窓へしがみ付いた。

大柄の黒装束が抜き身の刀を手に出て来ると、血振りして鞘に納めた。

その時、旦那、と呼び掛ける囁き声が聞こえ、四つ辻の石灯籠の陰から浅葱の股引に白足袋、羽織を羽織った男が小走りに姿を現わした。

「あッ、あの野郎はッ、やっぱり！　左平次！」

外の二人は何かひと言、ふた言交わすと左右に分かれて、黒装束は仲間の後を追って走り去った。左平次は辺りを見回し、用心深く潜り戸から、丁字屋の中へ消えた。

「聴いたぜ、おいらの地獄耳には『旦那、上手くいきやしたね』『うむ、わしらは隠れ家へ戻る。ではな』とね。伊之さんッ、アニさんは盗人一味を尾けて、隠れ家を突き止めてくんねえ。おいらはあの左平次の野郎を追っ掛ける」

「合点《がってん》だ、任せてくんな」

伊之助は裾を尻端折りに高く捲り上げ、階段を駆け下りて姿を消した。

弥吉も決意を秘めた顔付きで十手を引き抜き、小間物屋の裏口から抜け出し、丁字屋の表口に立った。潜り戸に耳を押し付け、中の様子を窺う。

し〜んと静まり返っていた。

掌でそっと押すと微かに軋んで潜り戸が開いた。弥吉が身体を滑り込ませた。

ギョッとして立ち竦んだ。

架け行灯の明かりの下に、この世と思えぬ修羅場、地獄絵図が展開していた。

この間、店先で見た番頭が、丁稚が、そして、用心棒らしき浪人三人が血溜まりの中で絶命していた。

弥吉は吐き気を堪えて、足音を殺し奥座敷の方へ進む。

そこには、今まで弥吉が見た事も無い残酷無惨な殺しの現場が広がっていた。障子、襖は破れ、折れ曲がり、鮮血が飛び散り、女中は犯されて胸を抉られ、男たちは誰も喉を突かれ、切り裂かれて血溜まりに転がっていた。

残った二人の用心棒も、己の流した血溜まりに白眼を剝いて絶命していた。

暗闇の中一ヶ所、蜀台の明かりが揺れる座敷があった。主人与右衛門の部屋だろう。足音を忍ばせ、近付く。

覗くと、座敷の真ん中の畳二枚が剝《はが》され、床下が覗いている。

そこに千両箱が隠されていたのだ。傍らに、娘を庇《かば》うようにお内儀が折り重なって息絶えている。主人与右衛門は床下に蹴落とされて絶命している模様だ。

燭台の灯りで障子に映った人影がゆらゆらと揺れている――。

床の間の前に蹲《うずくま》って手文庫を開けて、残った金子を懐に捻《ね》じ込んでいる男が一人――。

弥吉が押し殺した囁き声で呼び掛けた。

「左平次親分ッ」

ギョッとして振り返った驚愕の顔、見開かれた眼が訝しげに顰《ひそ》められた。

「俺だよ、四年振りだ。その頰っぺたの傷がよく似合うじゃねえか」

「てッ、てめえは、弥吉ッ！　どうしてここが……」

「薄らトンチキ奴。ずっとオメエを見張ってたんだよ。今じゃ俺はオメエと同じ十手持ちだ。縛るぜッ」

十手を突き出した。左平次がせせら笑って立ち上がる。最初の衝撃から立ち直って、悠然と長脇差を引っこ抜いた。

手に持つ蜀台の明かりに反射して、長脇差の刃が禍々《まがまが》しい光りを放っている。

「洒落《しゃら》臭ぇ。前持ちの入れ墨背負って、上方《かみがた》辺りへトンズラこいてると思ったがお江戸に居やがったかッ。十手持ちだとぉ？　ケッ、飛んで火に入る夏の虫たぁ、てめえのことだ。叩っ殺すぞッ」

手燭を畳の上に置くやいなや、ビュッと片手の袈裟斬りが襲った。

刃渡り一尺九寸五分（約五十八・五センチ）の長脇差と長さ一尺二寸（約四十二センチ）の十手――その十手が刀身を弾いた。

鋼と鋼がぶつかって青い火花が散った。

左平次が殺気丸出しで遮二無二《しゃにむに》斬り、突き、息付く暇も無く攻撃してくる。

弥吉は撥ね、払い、避けるのが精一杯だった。

と、後退《ずさ》りする足が、醬油樽《しょうゆだる》をぶちまけたような血塗れの廊下にぬらっと滑り、弥吉は仰向けに転んだ。すかさず左平次は長脇差を弥吉の心の臓目掛けて突き刺して来た。

右横に反転して避けた。弥吉の左袂を刺し貫いた切っ先が、廊下板に食い込んだ。

弥吉の左腕の二本の入れ墨が蜀台の明かりに鮮やかに浮かび上がった。

廊下板から引き抜こうと焦る左平次の長脇差の鍔元に、弥吉が渾身《こんしん》の力で十手を叩きつけた。長脇差が折れた。

しかし左平次は尚も、残った七寸の刃で突いて来る。

弥吉の十手が下から、覆い被さる左平次の喉を突いた。

鋼鉄の先棒に喉を潰され、もんどり打って真後ろに倒れた左平次――。

今度は血に足を取られながら前帯に差した十手を引き抜き、泡喰って半身を起こした。

弥吉は左平次の胸元へ、頭から組み付いた。廊下に刺し貫かれた袂がベリッと裂けて肩先から千切れる。

弥吉は、二筋の入れ墨が顕《あら》わにむき出された二の腕で、佐平治の喉を絞めて圧《の》し掛かった。

血糊べったりの廊下で着物を血に濡らしながら、滑り、転び、取っ組み合う二人の岡っ引き――二人共、死に物狂いだ。

組んず解《ほぐ》れつ、上になり下になり、力の限り、生死を懸けての摑み合い。真近に迫る左平次の眼は爛々《らんらん》として、白目は充血し憎しみが溢れんばかり。

互いの十手が宙空で嚙み合い、また青白い火花を散らせた。

ようやく弥吉が馬乗りに押さえつけた。

左平次の首っ玉を袖の無い裸の腕で押さえて、十手を思い切りこめかみに叩き込んだ。

「グエッ」

さしもの左平次も急所を鋼鉄で引っ叩かれて、失神したようだ。

ゼェゼェと荒い息で、弥吉は腰から捕縄《とりなわ》を引き抜き、左平次の両手を後ろに回し、がんじがらめに縛りあげた。

積年の恨みは感じなかった。ただ、安堵感だけで、身体は鉛《なまり》のように疲れ切っていた。

まだ番所は開かず、夜明けまでは人も動き出さない。左平次を柱に括《くく》りつけて、明け六つまで待ち、浜町の自身番へ届け、町役には北町奉行所へ報告に走って貰い、番太には左平次の縄尻を取らせて、奉行所まで同行した。

もやのかかった薄明の町を、入れ墨彫った前科持ちが岡っ引きをしょっ引く図なんてのは、洒落にもならない。勿論、二筋の前科者の証は手拭いを巻いて隠した。

血に塗れた着物を引き摺った異様な姿の二人の男が朝もやの中を、呉服橋北町奉行所まで歩いた。

まだ早朝で人通りは少なく、大工箱を肩に担いだ職人や、市場へ仕入れの天秤棒担いだ魚の棒手振りが、唖然《あぜん》とした表情で振り返り、見送っていた。

弥吉は、伊之助がまだ戻って来ないのが気になっていた。

第五章　左腕の仇討《かたき》ち

一

胴田貫を片手で無心に振る早朝の独り稽古の龍三郎の前に、枝折《しお》り戸を開き、弥吉が血だらけの着物姿で姿を現わした。

「弥吉ッ、その姿はどうしたんでぇ。何処《どこ》か斬《き》られたのかッ」

無惨《むざん》な姿に龍三郎は絶句した。

「いえ、旦那《だんな》、今お話致しやす。それより、旦那も汗を流してお互《たげ》ぇきれいになりやしょう」

「もっともだ」

二人して井戸端へ行き、弥吉が釣瓶《つるべ》から桶《おけ》で水を汲《く》み上げ、褌《ふんどし》一丁で頭から被る。龍三郎が、お藤ィ、と叫んで女房を呼んだ。

水無月《みなづき》（六月）も半《なか》ばを過ぎて、熱い身体に井戸水が心地良い。

お藤が姐《あね》さん被りに襷《たすき》掛け、手には火吹き竹を握って朝餉の支度の最中、忙《せわ》しげに腰高障子《こしだかしょうじ》を開けて出て来た。見るなり仰天して駆け寄った。

「まぁ、弥吉っつぁん、どうしたのその姿は！」

「お藤、俺の汗を拭いてくんな。弥吉は斬られちゃいねえから安心しな」

「ああ、驚いたぁ。それならよかったけど……。あっ、お前さんと弥吉っつぁんの着替えを持って来るからね」

と、奥へ引っ込んだ。入れ違いに伊之助が枝折り戸から姿を現わした。

「旦那、今戻りやした。遅くなって申し訳ございやせん……弥吉っつぁん、どうしなすったい、その姿は」

目を真ん丸にしたビックリ眼《まなこ》の蟹面《かにづら》が素《す》っ頓狂《とんきょう》な声を張り上げた。

「まぁまぁ、話は後だ。さぁ二人共、中へ入れ」

板の間に続く座敷で、朝餉の膳を囲む四人――。

毎朝、日本橋の市場で仕入れた魚を、棒手振《ぼてふ》りの源太が届けてくれるので、龍三郎の家の食事はいつも豊かであった。今朝も鯵《あじ》の塩焼き、煮豆、漬物、蜆《しじみ》の味噌《そ》汁《み》の匂いが食欲をそそる。

三十俵二人扶持《ぶち》ではとてもこんな贅沢《ぜいたく》な朝飯は出せない。龍三郎の隠密廻《おんみつまわ》り同心《どうしん》としての特別お役手当のお陰だ。

――弥吉の昨夜の丁字屋の話が終わった。

「畜生《ちくしょう》っ、先を越されたか。もうそろそろ潮時《しおどき》たぁ思っちゃいたが、まさか、ゆんべ押し込むとはなぁ……。弥吉、オメエの易占いも当たらぬも八卦だったなぁ。仏滅と歳刑神が重なる大凶の日だって？　悪党どもはそういう日が大好きなんだよ！　俺もゆんべオメエたちと一緒に出掛けて、手ぐすね引いて待ってりゃよかったなぁ。後の祭りたぁこのことだ」

「お前さん、言葉が汚いよ」

「なぁにお藤、オメエだって『お前さま』が、元の『お前さん』に戻っちまってるじゃねえか。気取るこたぁねえんだよ。クソッ、もう勘弁ならねえ。そのデカイ野郎が二代目鴉だな。薄玄次郎か、借りを返さねえとな。だが弥吉、オメエよくとっ捕まえたなぁ、左平次をよ。飯を食ったら、お奉行に謝りに行かなきゃならねえから、ついでにその左平次って野郎の面《つら》ァとっくりと見て来らぁ。土屋甚五郎のご尊顔も見ものだろうな。で、伊之助、オメエの方の首尾《しゆび》は?」

龍三郎の気持ちは昂ぶって、抑えるのに苦労した。

へえ、と、やっと自分の話す番が来たかと、伊之助が身を乗り出した。

「ゆんべ、丁字屋の前から奴等の後を尾けるってぇと、掘割沿いに浜町河岸の汐《しお》見橋《みばし》辺りの舟寄せ場に猪牙舟《ちょきぶね》が二艘繋《つな》いでありやしてね。一行十数人、千両箱が六つ、二手に分かれてそいつに乗り込むてぇと、まっつぐお武家屋敷の間を漕《こ》いで川口橋の方へ。大川へ出て……いやぁ、舟の後を尾けるってぇのは大変ですぜ。こっちは橋を捜して渡らなきゃならねぇ……御承知の通り、あっしは正真正銘の金槌《かなづち》でござんすから、とても泳いじゃ渡れやせん。舟は遥かな永代橋を潜《く》るってえと……」

「分かった分かった、伊之、途中は飛ばせ。結局終わりは何処だ?」

「へえ。もうすぐ着きやす。御舟蔵相川町辺りから、また掘割へ入って黒船橋の下に舟寄せ場がありやしてね。そこで猪牙舟を降りて、蛤町《はまぐりちょう》の船宿〈貴船《きぶね》〉って処の裏口から皆んな吸い込まれて行きやした。へえ」

「何をッ、船宿〈貴船〉だとォ、深川八幡門前町のど真ん中じゃねえか」

弥吉が顔を紅潮させて口を挿《はさ》んだ。

「そうよ、奴等の隠れ家に間違《まちげ》ぇねえ、と睨《にら》みやしてね。あっしは潜《もぐ》り込みやした」

「伊之、オメエも潜り込むのが好きだなぁ、今度も床下か」

「いえ、今度は……」

人差し指で上を指して、得意そうに小鼻動かして云った。

「天井裏でさぁ。あっしの耳じゃ、弥吉っつぁんと違ってこっちの方がよく聴こえやす。何よりも天井板の隙間から、下の奴等の面が拝めやすからねぇ」

「違《ちげ》ぇねえ。で、どうした？」

「皆んなそこで覆面を外しやがってね。どいつもこいつも悪相ばっかし！　やっぱぁ悪《わり》ィことを重ねてる奴は正直に顔に出やすねぇ……」

伊之助がもっともらしく腕組みして一人首肯《しゅこう》するのを遮《さえぎ》って龍三郎が先を促した。

「伊之ッ、そん中に俺の腕をぶった斬ったあの、薄玄次郎は居たかッ」

「へえ、親玉ですよ。去年浅草寺で見たあのテカテカ頭の海坊主……間違ぇありやせん」

「矢張りそうかぁ、二代目鴉……矢張り、権兵衛の弟だったか！」

龍三郎は血の滲《にじ》むほど唇《くちびる》を嚙《か》み締めて、虚空《こくう》を睨んだ。思いが詰まっている。

「そいでね、手下の浪人の次の頭株らしい野郎が千両箱の錠前を叩っ壊して、一人三百両ずつ山分けでさぁ。皆んな、嬉しそうに懐《ふところ》に捻《ね》じ込んでやがった。

そのうち、その親玉が立ち上がって『いいか、次はひと月あとだ、ほとぼりの冷めた頃またやる。ひと月後にここに集まれ。文月《ふみつき》（七月）の十五日だ。その時は押し込み先も決まっている筈だ。それまでは各々《おのおの》羽を伸ばして、命の洗濯を楽しめ。派手に銭を使って御用の手に掛かるんじゃねえぞ。今宵《こよい》は此処《ここ》で泊まるも良し、情婦《いろ》のとこへしけこむも良し、好きにしろ。兎《と》に角《かく》今日は御苦労だった』とまぁこんな具合で」

「ふ〜む。ひと月後かぁ、奴等が再びそこに集まるのは……。ところで伊之、その薄って浪人者はその船宿〈貴船〉を塒《ねぐら》にしているようだったか？」

「さぁ、そいつは……三々五々《さんさんごご》出て行く奴もおりやしたが、残った六、七人が酒盛りを始めやがって、海坊主も居りやしたねぇ」

「二人とも良くやってくれた、礼を云うぜ。オメエらが大働きだってえのに、肝《かん》心要《じんかなめ》のオイラが酒に酔って白河夜船《しらかわよぶね》とはなぁ……お奉行に顔向け出来ねぇ。大失態だ。なぁ、お藤」

何故《なぜ》か、お藤の頬にぽっと朱の色が差した。

「よおし、お奉行に会って来らぁ。オメエたち、もう朝飯はいいのか、今日一日は充分に休んでくんな。じゃあな」

立ち上がって奥の間へ着替えに立った。お藤がいそいそと手伝いに立ち上がった。

二

朝から日差しは烈《はげ》しく、お天道様の陽《ひ》が眩《まぶ》しい。今日も一日暑い日になりそうだと、龍三郎は青く晴れ渡った空を見上げた。思い出したくもない一年前の夏が思い出される。龍三郎の気持ちは重く沈んでいた。

呉服橋御門を渡って、いつもの如く奉行所表門を潜《くぐ》る。中間《ちゅうげん》の作蔵が目敏《めざと》く見付け、嬉しげに駆け寄って来た。

「これは結城様、お早《はよ》うございます、お久しゅうございます。殿様がきっと首を長《なご》うしてお待ちでございますよ。ささ、どうぞお上がり下さいまし」

式台で脱いだ雪駄《せった》を揃《そろ》え、作蔵が先に立って長い廊下を案内に立つ。

居室には榊原忠之が、登城前の裃《かみしも》袴《はかま》姿の正装で端座《たんざ》していた。

「御前、御登城前のご多忙のところ罷《まか》り越しまして申し訳ございません。昨夜の浜町の呉服問屋丁字屋への押し込み盗人、矢張り二代目鴉組の仕業《しわざ》に相違《そうい》ございません。目星は付けておりましたが、まさか昨夜、押し込まれるとは……。不意を衝《つ》かれました。それがしは家で寝込み、手下二人が張り込んだその目と鼻の先で凶行が勃発《ぼっぱつ》致しました。返す返すも切歯扼腕《せっしやくわん》の極みにございます。あたら丁字屋家中十数名を死なせてしまいました。お許しください」

「うむ。したが龍三、鴉組に内通しておった岡っ引きを捕縛出来たのは、万一の僥倖《ぎょうこう》であった。土屋甚五郎と誼《よしみ》を通じておる岡っ引きとはのぅ。奴の顔が見たいものよ。早速本日より、吟味部屋にて取調べを行なうが、その係りを土屋に命じた。どう扱うか見ものよのぅ。何としても一味の隠れ家を吐かさねば……」

「御前、もはやそれがしの手下が突き止めてございます。深川八幡門前町の船宿〈貴船〉にございます。今日にも隠れ家を急襲して、と考えましたが、昨晩一仕事をこなしそれぞれ分け前を懐にして散らばってしまったとかで、次に彼奴《きやつ》らが参集するのはひと月後との事。それまで待った暁《あかつき》には、それがしが乗り込んで一掃し、根絶やしにします。その首領と申すのが、昨年それがしの左腕を斬り落とした初代鴉権兵衛の弟、薄玄次郎。斬り捨てずには置きませぬ」

龍三郎の炯炯《けいけい》と光る眼と決意を前に見て、忠之は満足気に頷《うなず》き、座を立ちながら云った。

「登城の時刻じゃ。龍三、良きに計らえ。その方だけが頼りじゃ、ではな」

「ご配慮のほど、有り難き幸せ。必ずや……」

辞儀《じぎ》して見送り、その足で吟味取り調べ部屋へ出掛けた。

丁度《ちょうど》今まさに、岡っ引き、人形町の左平次が後ろ手に縛られ、板間に引き据えられていた。その前の上座に傲然《ごうぜん》と端座しているのが吟味方《ぎんみかた》与力、土屋甚五郎。左右に同心二人、その後ろに文机《ふづくえ》を置いて祐筆《ゆうひつ》が調べ書き帖を広げ、筆を持って構えていた。

隅には連行して来た小者二人が、片膝折って控えていた。

廊下で佇《たたず》む龍三郎に、弥吉の匕首《あいくち》に抉《えぐ》られた左頰の傷痕が残る左平次が気付いて、太々《ふてぶて》しくしかめ面を向けて睨んだ。

「なるほど、オメエが人形町の左平次親分かい」

龍三郎の声に、ジロリと嫌味たっぷりの視線を向けた土屋甚五郎が、

「おぅ、これはこれは、北町の花形同心殿の御入来《ごにゅうらい》か。したが、昨夜のおぬしの手下は天晴《あっぱ》れなるお手柄であったのぅ。拙者《せっしゃ》も、よもや目を掛けて居った御用聞きが、鴉一味と気脈《きみゃく》を通じておろうとは、思いも寄らなんだ。これ、岡っ引き左平次、知り得る事は全て有体《ありてい》に白状致せ。悪あがきすれば、ただちに拷問蔵《ごうもんぐら》行きだぞ。観念して潔《いさぎよ》く申し述《の》べろ」

何とも白々しい、体裁《ていさい》だけを繕《つくろ》う吟味が始まろうとしている。

龍三郎はこの二人の猿芝居を見物してやろうと、末席に端座した。

「お役人様、あっしは何にも存じませんので。何故、このように縛られてお取調べを受けなきゃならねえんで」

「左平次、昨夜の浜町丁字屋への押し込み強盗、その方の手引きに依《よ》るものであろう。つまびらかに仔細《しさい》を申せ」

「お役人様ぁ、あっしには何が何だかさっぱり……」

まどろっこしいやり取りに、龍三郎は口を挿《はさ》まずにはおれなかった。

「おいおい、左平次さんよぉ。オメエがゆんべ、押し込みの後、丁字屋の前で鴉組の首領とひと言ふた言話し合って、丁字屋へ入り込んだのを、俺の手下の弥吉ってぇのが見聴きしてるんだよ。弥吉とは、三、四年前からの因縁《いんねん》付きの知り合いらしいじゃねえか。その後取っ組み合いの殺し合いだったてなぁ」

「知りやせんぜ、そんな弥吉とかいう野郎は……」

「莫っ迦《ばか》野郎！　白ぁ切るのもいい加減にしろい。テメエは押し込みの何日も前から、そこにいらっしゃる与力の土屋の旦那と何遍《なんべん》も会って、丁子屋には親切ごかしに盗人除《よ》けの心得や普請の絵図面を出させて、事細かに下調べをしたらしいじゃねえか。主《あるじ》の与右衛門や番頭から聴いてるぜ」

「何を申すかッ、死人に口無し。聞き捨てには出来ぬぞ。確かにこの左平次はそれがしの子飼いのものであるが、そのように不埒《ふらち》な仕儀《しぎ》を致しておったとは与《あずか》り知らぬこと、罪を擦《なす》り付けるにも程がある」

土屋甚五郎、顔面蒼白となって、身の潔白《けっぱく》を言い立て、左平次に咎《とが》を押し付け、逃れようとしている。浅ましい小役人の追い詰められた姿だった。

その姿を上目遣いに見て、左平次が小ずるそうに云った。

「土屋の旦那ぁ、もういけやせんや。あっしは獄門《ごくもん》磔《はりつけ》、旦那も切腹《せっぷく》、お家断絶を覚悟しなきゃあならねぇんじゃ……」

「痴《し》れ者ッ！」

突然、いきなりの抜き打ちであった——。

縛られたままの左平次が、グエッ、と頸根《くびね》から血を噴き出して転がった。

左右に座した同心二人と祐筆が、仰天して後ろへのけ反った。

「無礼討ちじゃァ」

土屋甚五郎は傲然《ごうぜん》と血刀下げて周囲を睨《ね》め回している。

龍三郎が末席からすすぅと走り寄り、抜き打ち一閃、切っ先三寸が土屋の脇の下から鎖骨を断《た》ち、頸の血脈《けつみやく》を斬り裂いた。

土屋は血飛沫《ちしぶき》を霧の如く撒《ま》き散らせてぶっ斃《たお》れた。

「斬り捨て御免！」

龍三郎は、残心の形のまま呟き、血振りして静かに納刀した。

奉行所内で、同心が与力を斬り捨てるなど前代未聞の出来事だろう。

返り血を浴びる距離で、始めから終わりまで見聞した呆然自失《ぼうぜんじしつ》の同心二人、祐筆と小者二人を見遣って、事も無げに云った。

「おのおの、一部始終《しじゆう》を見聞きなされたと存ずる。御覧の通りだ。祐筆殿、一言一句書き記されたかな」

「そ、それは拙者のお役目ゆえ、全て。あっ、まだ、斬り捨て御免、のひと言が……」

慌てて筆を取り、文机に屈《かが》みこんで祐筆が書き加えている。

龍三郎は莞爾《かんじ》として、吟味取り調べ部屋を後にした。

三

悶々《もんもん》としたひと月が、ゆっくりと過ぎて行った。

丁字屋押し込みは、水無月十五日であったから、次は文月十五日——。この間《かん》はもう、次に鴉一味に襲われそうな大店の探索は行なわなかった。一味はひと月は動かず、そして、ひと月後に参集したときには一味をことごとく、龍三郎が討ち果たしている筈だから——。

峻烈《しゆんれつ》な独り稽古は毎朝怠《おこた》りなく続けている。右腕一本の居合い、抜き打ち、斬り込みは、本能の命じるままに勝手に躍《おど》り、獣《けもの》の如《ごと》く強靱《きようじん》な筋肉がしなやかに舞い、突《つ》き、薙《な》ぎ、斬り、一瞬の逡巡《しゆんじゆん》もない。

汗みどろに一心不乱、鍛錬を重ねる龍三郎の姿に、伊之助や弥吉は勿論《もちろん》、お藤さえも声を掛けるのを躊躇《ためら》うほどの入れ込み様であった。

独り稽古が済めば、お藤の甲斐甲斐《かいがい》しい世話で伊之助と共に、朝餉の膳を囲み、和《なご》やかなひと時を迎える。

弥吉は恋女房お袖の待つ、神田連雀町の小料理屋〈吹きよせ〉に戻り、これまた、和やかな水入らずの時を過ごしている。日に一遍《いっぺん》は組屋敷に顔を出すが——。


二度、永代寺門前、蛤町の鴉一味の隠れ家、船宿〈貴船〉を探りに行った。

元々、弥吉が龍三郎の配下になる前、威勢《いせい》を張っていた土地柄なので、勝手知ったる何とかで隅から隅まで知り尽くしていた。

行き交《か》う顔見知りから、あっ親分さん、お元気そうで、と声を掛けられるが、弥吉は何故か恥ずかしそうに頭を下げ、道を譲るのだ。

曰《いわ》く『あっしらみてぇに脛《すね》に傷持つ者は、通りの真ん中をデケェ面しちゃ歩けねえんで』

「莫《ば》っ迦《か》野郎、何をちぢこまってやがる。左腕の二筋の彫り物を気にしてやがるのか？　もうお裁きを受けて、今じゃ俺の下で立派にお上の御用を務めてるじゃねえか。何をイジイジしていやがる。道の真ん中を胸張って堂々と歩けィ。この伊之助だって、以前は巾着切りで今のオメエと同じザマだったが、どうでぇ。今じゃお天道様の下を大手を振って道のド真ん中を偉そうに歩いてるじゃねえか。

サッパリしろい！　なぁ伊之」

「へえ、あっしなんざぁ、今じゃこの通りで。テッヘッヘッヘ」

五尺に満たない小男の背丈が、五寸ばかり伸びた感じで胸を張った。

「へえ、有難うございやす、旦那のお陰です」

弥吉のその目は潤《うる》んでいた。気付かぬ振りして龍三郎は云った。

「おぅ、この船宿の出入りはここだけか？　裏口があるだろう。二階の窓もしっかり見張らねえとな。一人でも逃がしたら後顧《こうこ》に憂《うれ》いを残すからなぁ」

「へえ、悪い野郎を一人でも取り逃がすと、そいつがまた、鴉組みてえな盗人一味に残っちまって悔いるってこってしょう？」

伊之助が小鼻動めかして得意そうに云った。

「おっ伊之、分かってるじゃねえか。オメエ足が速ぇだけじゃねえんだな」

「旦那ァ、そう馬鹿にしたもんでもありゃぁせんで。寺子屋に通おうかな、論語《ろんご》の素読とかね。子曰《しのたまわ》く……二十過ぎの手習いかぁ。止《や》～めた」

「ハッハッハッハ、駆け足も速ぇが諦《あきら》めも早《はえ》ぇな。よぉし、引き揚げようぜ。その日は、お奉行に出張って頂いて、周りを蟻《あり》の這《は》い出る隙間もねえほどしっかり固めるんだ。オメエらもそうだぜ、船宿ン中にゃぁついて来るなよ」

「へえ、いつものことで。分かっておりやす」

弥吉、伊之助の二人は神妙に頷いた。十五日が待ち遠しかった。

夏も盛りだ。ジリジリと肌を焦がすような強烈な陽の光。熱風が頬を撫で、じっとりと汗が噴き出し、気色が悪い。たっぷりと水を湛《たた》えた大川の流れが涼しそうだった。

「お〜い、どうでぇ、八丁堀の〈桜湯〉へでも出掛けるかぁ」

主従三人が風に吹かれて永代橋をゆったりと歩いて行った。

四

文月十五日、昼過ぎ頃から急に風が強くなった。四つ辻に風が渦《うず》となって立ち昇り、小さな竜巻状の筋となって巻き上がっていた。

北町奉行所内は、今宵の大捕り物に、奉行榊原主計頭忠之を筆頭に、同心二十五名、足軽中間二十名、指揮する与力が五、六名、それぞれ準備おさおさ怠りなく、身繕《みづくろ》いも厳重に、夜四つ（午後十時）の出陣を待ち構えていた。

目指す盗人団は、御目付でも御寺社でもなく、町奉行所の管轄である。

吟味取調べ部屋に主だった六名の与力と龍三郎が集められ、奉行榊原忠之の下《げ》知《じ》を待った。

作戦は、南側は江戸湾に繋がる掘割で遮《さえぎ》られているので、東、西、北の三方の町辻、角を固め、一人《いちにん》たりとも逃すなと各人の配置を決め、確認し合った。

斬り込みは龍三郎のみ――。

狭い民家の船宿の中での斬り合いになる。多勢の者が入り乱れては、却《かえ》って味方の怪我人が続出して為にならぬ、と奉行の判断が下されたのだ。

轟大介が、今宵の大捕り物を聞き、血相《けっそう》変えて駆け付けた。

「お奉行。何卒それがしも一端にお加えくださいまし。何卒、なにとぞ……」

必死の直訴《じきそ》であった。が、龍三郎が止めた。

「大介、今晩は止めとけ。狭い屋内での斬り合いだ。去年の抜け荷騒動の黒田屋敷とも辻斬りの堀田屋敷とも勝手が違う。何処から得物《えもの》が突き出て来るか分からねえんだぞ。オメエにゃまだ無理だ。あたら若い命を散らすな」

「し、しかし……」

「オメエは表で待ってて、逃げ出て来る奴を叩っ斬れ。いいな」

鴉一味が動き出すのは、町中が寝静まった子《ね》の刻（午前零時）と見当《けんとう》を付けた。今までの犯行がそうであった。

奉行所の出陣は四つ（午後十時）と決まった。まだ寝ていない、火事と喧嘩が大好きな江戸の物好き人間が、野次馬《やじうま》となってぞろぞろ集まって来たら、捕り物に影響を来たす。また、町人に怪我《けが》人でも出したら町奉行としての面目《めんもく》を失う。人目を引かず、は無理な相談だが、なるべく目立たぬ様に、迅速に――。

この下知は足軽中間にまで徹底された。

五つ（午後八時）の鐘を合図に、龍三郎、弥吉、伊之助の三人は奉行所を出立した。蛤町の堀端の船宿〈貴船〉から一丁先の永代寺門前町の自身番に腰を落ち着けた。すぐさま、弥吉を火の番に変装させ、〈貴船〉の前の往来を行き来させ、中の様子を探らせた。

火の用～心、カチカチ、と拍子木を打って弥吉は堂々たる火の番ぶりだった。犬の遠吠えが聞こえた。風も強くなり唸《うな》って、戸障子が揺れている。

弥吉は戻って来るなり、

「旦那、もう全員集まってるみてえですぜ。今晩狙う大店は下谷の両替商三河《みかわ》屋《や》、あっしのこの耳が捉えやした。ひそひそ声で図面を広げて企《くわだ》ての真っ最中でさぁ」

「有難うよ。オメエのその耳は便利だなぁ。よしッ、奴等が押し込みに出掛ける前に、こっちが押し込むぜ。いいな」

「お熱いお茶をどうぞ」

と、緊張し切った番屋の爺《じじ》いが、盆の上に湯呑みを三つ載せて差し出した。

「おっ、ありがてぇ。暑い時に、熱いものを身体の中に入《と》れるっていうのは、却《けえ》って身体の為にはいいらしいぜ。昔の人がそう云ってた。爺っつぁん、もう帰っていいんだぜ」

「何を仰《おつしや》います。こんな見ものを見逃したら江戸っ子の恥でございます」

「はっはっは、正直でいいや。末代までの語り草になるだろうぜ。まぁ、もうチョイ、待ってな」

「へっへっへ、二日でも、三日でも待ちますよォ。何かご不便なことがありましたら、何なりとお云い付けくださいまし」

「ありがとよ。おいら、ちょっくら寝るからな」

龍三郎は奥の四畳間に右肘《ひじ》を枕にゴロリと横になった。

弥吉と伊之助は、その動じない豪胆さに感心したのか、顔見合わせて首を振った。伊之助が二つ折りした座布団をそっと龍三郎の首の下に宛《あて》がった。すぐに軽い寝息が聞こえて来た。

四つ（午後十時）の鐘を合図に奉行所の大門がギィ〜と軋んで大きく開いた。

奉行榊原主計頭忠之、陣羽織に野袴、陣笠被ったその手には長さ二尺の指揮十手、騎馬姿は颯爽《さつそう》たる出役《しゆつやく》姿であった。六名の与力もそれぞれ騎乗して、寝静まった夜の町を進んで行く。

その後ろに二列で従う白鉢巻、襷《たすき》掛けの、轟大介を加えた二十六名の同心、二十余名の六尺棒、刺股《さすまた》、袖絡《そでがらみ》、突棒《つくぼう》の捕り物道具を小脇に抱えた中間小者が早駆けで続く。

呉服橋御門を渡って、一石橋、日本橋の掘割沿いに町並みを進み、江戸橋を渡ると小網町《こあみちよう》、堀端を行けば永代橋——。四半刻の距離だ。

ひづめの音と四十数名の揃った草鞋《わらじ》を踏む駆け足の音に、寝ぼけ眼の町人が飛び出して来て、何だ、どうした、と騒ぎ立て、矢張り、野次馬と化してついて来る連中が増えて来た。これは致し方のない事と割り切っている。

永代橋を渡ってからは御舟蔵相川町の大川沿いを行く。川風も強く川面《かわも》に白い波が立っている。

一隊は西念寺という小さな寺で下馬して六頭の馬を預け、中間小者の捕り方は隣の蛤町に在る船宿〈貴船〉の周囲を足音忍ばせて取り囲み、奉行榊原忠之は、〈貴船〉を見渡せる掘割の向かい側〈黒船稲荷社《くろふねいなりやしろ》〉に陣を布《し》いた。

床机《しょうぎ》に腰を下ろし、傍らに与力二名を従えて、今や遅しと幕が切って落とされるのを待ち構えている。

掘割の舟寄せ場には二艘の猪牙舟が舫《もや》い綱に繋がれて、川波に揺れて漂っている。これに乗って掘割沿いに、押し込み先へ繰り出すつもりなのだろう。

覆面黒装束の十数人の盗人集団が夜の町並みを揃って駆け抜けるのは目を引くし、目立って仕方がない。目当ての押し込み先の近くまで掘割を舟で行くのは賢明な策だ。

四つ半（午後十一時）の鐘で、龍三郎が自身番から姿を現わした。ひと寝入りして天性の鋭気も研ぎ澄まされ、大きくひとつ伸びをして、目の前の船宿〈貴船〉を目指して歩を踏み出した。後ろに弥吉、伊之助が心配げに従っている。

黒船橋の向かいの社に陣取る忠之に、斬り込みの挨拶をした。

轟大介が鎖《くさり》に繋がれた闘犬の如《ごと》く、逸《はや》り立っているのを宥《なだ》めて云う。

「大介、云った通りだ。ここは堪忍《かんにん》のしどころだぞ。では御前、只今より、斬り捨て御免仕《つかまつ》り申す」

「うむ。くれぐれも気をつけろよ」

死地に出立する部下を送り出す奉行として相応《ふさわ》しい言葉が出て来ない、まどろっこしい月並みの言葉しか出て来なかった。

船宿〈貴船〉の軒行灯《のきあんどん》と暖簾《のれん》が、堀端の柳の枝と共に強い風に揺れている。

龍三郎は、カラカラッと格子戸を開けた。三和土《たたき》の次の間の障子が開いて、

「誰でえ、お前《めえ》さんは」

まだ覆面はしていないが黒装束に身を固めた男が顔を出した。龍三郎の腰の胴
田貫は既に鎺《はばき》から五分鯉口を切っている。ものも云わずに抜き打ち一閃、胴を薙
ぎ斬った。

「グワッ」

絶叫して血飛沫噴き散らせ、後ろの障子を押し倒してぶっ倒れた。

「誰だッ」「何だッ」「どうしたんでぇ！」

口々に罵《ののし》り声が沸き起こり、部屋中の男たちが一斉に立ち上がった。

総勢十数名——まだ出発前で、顔は隠してはいない。どいつもこいつも悪相ば

かりだ。侍《さむらい》崩れの総髪の浪人が二人と、奥で射《い》すくめるような眼で睨《にら》んでいる海坊主頭の偉丈夫が、夢にも忘れぬ薄玄二郎——。

あとは雑魚《ざこ》ばかりだ。

「野郎ッ」と喚《わめ》いて、長脇差《どす》と匕首を抜いて三、四人が突っ込んで来た。

剣術の稽古などしたこともない破落戸《ごろつき》の度胸だけの喧嘩《けんか》剣法だから、隙だらけだ。龍三郎は余裕を持って、右に左に斬って落とした。

（これで五人……あと八人……薄玄次郎よ、出て来い）

一刀差しの浪人が大上段に振りかぶり、ウオッ、と吼えて斬り込んで来た。龍三郎が上体を後ろへ反らすと、その二尺五寸はあろう大刀は鴨居《かもい》にめり込んだ。がら空きの腹を薙ぎ斬った。五臓六腑《ごぞうろっぷ》、もっとも柔らかい胴を一刀両断だ。鴨居に食い込んだ刀を両手で握ったままの上体を残して、腰から下の下半身が分かれてグニャリと崩れた。恐るべき〈肥後一文字〉の斬れ味！

鬼神の如き剣捌《さば》きに恐れをなしたか、二、三人がドドッと狭い階段を駆け上がった。

「逃げられやしねぇぞッ」

龍三郎の怒声に踏み留まったやくざ者が横薙ぎに振り回すのを、上体を反らせて躱《かわ》し、足を斬り払った。両足の腿《もも》で斬り放された上体が血を振り撒き散らしながら、階段を転げ落ちた。

尚も階段を駆け上がり、破れかぶれで突いて来る奴を、袈裟掛けに頸の血管《ちくだ》を斬り裂いた。

「グエェッ」

喉に血を詰らせて、呼吸が出来ず、噴き出す血潮《ちしお》にむせながら障子の桟《さん》に縋《すが》り、バリバリッとへし折り破りながら死んで行った。

「火を放てェ。焼くんだァ」

賊の誰かが叫んだ。応じた一人が障子、襖《ふすま》を蹴倒して、蜀台の火を付けた。燃え上がる炎の回りは早い。

紅蓮《ぐれん》の炎は早くも二階の天井にその舌を伸ばし、焦がし始めた。

この日のような強風に煽《あお》られたら江戸の町はたちまち燃え広がり、人々は逃げ惑い、大勢の死者が予想される。

「誰かぁ、火を消せェ。火だァ、大火事になるぞォ」

龍三郎の大声に呼応して役人が数人飛び込んで来て、手に持つ刺股、突棒、六尺棒で屋内を叩き壊し、消火作業を必死に始めた。

火事騒ぎに紛《まぎ》れて賊の二、三人が二階窓の障子を蹴破って軒瓦の上に逃れ出た。

龕灯《がんとう》の明かりにくっきりと照らされて浮き上がった黒装束に、下で待ち構える捕り手から六尺棒が集中して投げられた。

光の中を十本ほどの六尺棒が宙空を飛んだ。

瓦に当たるカランカランの音と共に、頭にでも当たったのだろう、ウワッ、と叫んで二人の賊が落下した。途端《とたん》に下から、「御用ッ、御用だ！」の捕り手の声が上がり、刺又で押さえ込み、六尺棒で殴り、捕縛する。

（残るは二人……）

首領の薄玄次郎の前に、浪人一人が立ち塞がってのっそりと云った。

「貴様、誰だ」

「テメエなんぞに教えてやる名前《なめえ》は持っちゃぁいねぇ。問答無用だ。地獄へ落ちろッ」

「おのれぇッ、吐《ぬ》かしたなぁ、喰らえ～ッ」

多少腕に覚えがあるのだろう、凄まじい袈裟斬りの刃風が襲った。

「無理無理」と呟き龍三郎は右側に体を捻って躱し、片手殴りの逆袈裟に斬って捨てた。驚きの表情で眼を見張り、龍三郎を睨みながら死んで行った。

ジィ〜ッと見据えていた薄玄次郎が低い声で囁いた。

「片手一本で。良くぞそこまで腕を上げたなぁ」

「やかましいやぃ。ヤイ、薄玄次郎ッ、あん時だって女房に気を取られていたから、テメエみてえな棒振り剣法にヤラレたんだ。この左腕が『オメエに逢いてえ、オメエに逢いてぇ』と夜泣きするんだよぉ。やっと逢えたなぁ……。一年ぶりだ。兄貴の権兵衛が首を長〜くして待ってるぞ。あの世へ送ってやらぁ。覚悟しな、斬り捨て御免だァ！」

「いや待て。後日、誰にも邪魔されぬ処で果たし合いが所望《しよもう》だ。八丁堀へ果たし状を送る」

「何を寝言を云ってやがる。今宵、たった今此処で、片《かた》ァ付けるんだよ、抜けッ」

抜いたッ、大小二刀の中条流——八文字の構え。

酷薄そうな細い眼に薄ら笑いを浮かべている。龕灯の照射と階下の燃え上がる火が、テカテカの頭に反射して異様な容貌を照らし出している。

薄玄次郎の持つ右手の大刀は天井に突き刺さりそうだ。

屋内での斬り合いは短い方が有利に働く。

龍三郎は、二尺一寸の胴田貫を右手一本の地摺り下段へ――。自然体だ。

喧騒《けんそう》の声が沸き起こった。階下に進入して来た捕り方たちの悲鳴や驚愕の声が煩《うるさ》い。もう息のある賊は絶無だろう。燃え上がる建具、壁の炎を消し、叩き壊す物音が凄まじい。

突如《とつじょ》――。

「また逢おう」

薄玄次郎が障子を蹴破って軒瓦に躍り出た。

すかさず二、三基の龕灯が照射し、薄の黒装束を浮き上がらせた。

「御用ッ」「御用だッ」の声。

路地には捕り手たちがそれぞれ捕り具を構えて見上げていた。暗闇から、六尺棒が二本、三本、捕り縄がヒュルヒュルと光の輪の中へ飛んで来る。

軒瓦に仁王立ちの薄玄次郎は、ヒョイとそれを避《よ》けて血路を切り開こうと探している気配だ。

二階の窓から身を乗り出して龍三郎の怒声が響いた。

「皆んなァ、手を引けェ。手を出すんじゃねえぞォ」

云い終わるかどうか、薄玄次郎が捕り手たちの頭上に身を躍らせた。

着地するや、大小二刀が閃《ひらめ》いた。派手に血飛沫が飛び散った。
三、四人の捕り手が斬られた。ワッ、と捕り手の輪が広がった。
玄次郎が掘割に向かって突進した。

退路は掘割のみ――猪牙舟が二艘、黒船橋下の舟寄せ場に舫ってある。

（しまったァ、綱を解いて堀端から離しておくべきだった）

玄次郎は猪牙舟に向かって、無人の荒野を行くが如く、前に立ち塞がる捕り方を斬って捨て、まんまと舟に飛び乗った。

真ん前の黒船稲荷社に陣取る奉行榊原忠之の眼前だ。

「逃すなッ、凶賊鴉め。誰かッ、誰か～ッ！」

忠之の叱咤に傍らの轟大介が決死の勢いで駆け出した。

棹《さお》を摑《つか》んだ玄次郎が薄笑いで周囲を見回し、堀端の壁を突いて猪牙舟は滑り出した。

「待てッ」

堀端から跳躍した大介の足が、猪牙舟の舟縁《べり》に乗ったと同時に、棹で足をかっ払われ、ザンブと派手な水飛沫を上げて、頭から水中に落下した。

龍三郎も、二階の軒瓦を蹴って飛び下り、一艘残った猪牙舟に飛び乗った。

既にそこには、弥吉、伊之助が棹と艪《ろ》を握って待っていた。一心同体、考えることは一緒だ。

「出せッ、逃すなよ」

云うより早く、伊之助が棹で堀壁を突いた。直ぐに弥吉が艪を漕ぎ出す。

「結城さ〜ん、拙者も、拙者もお連れくださ〜い」

掘割の水の中でもがきながら、轟大介が悲痛に叫んでいる。

振り返って龍三郎が叫んだ。

「悪く思うな、置いて行くぜ。大介、オメエは良くやったよ、じゃあな。弥吉、行ってくれ」

「旦那、あっしは餓鬼の頃から深川の木場で筏《いかだ》や丸太相手に遊んでやした。大船に乗った気で任せておくんなさい」

「洒落を云ってやがる、頼もしいじゃねえか。おい伊之、この刀をきれいに拭《ふ》いてくんな」

血に塗れた抜き身となめし革を渡した。

「へえ、その前に」

と、伊之助は舟底に転がっていた龕灯の蠟燭《ろうそく》に火を点けた。

龕灯に照射されて十間（約十八メートル）ばかり先を、玄次郎が艪で漕ぐ猪牙が強風に煽られ、上下しながら大川の河口目指して江戸湾に向かって行く。

白波が泡立ち、舳《へさき》が上へ持ち上げられ下へ突っ込み、舟縁《べり》をしっかり摑んでいないと身体を波に浚《さら》われて水中に投げ出されそうだ。

強風に吹かれて巻き上がる飛沫を頭から浴《あ》び、弥吉も伊之助も龍三郎も濡れ鼠《ねずみ》だった。

「旦那ぁ～、あっしは金槌同然なんで……以前に云いましたよねえ。陸《おか》の上で足が地に着いてりゃぁ怖い物なし、矢でも鉄砲でも持って来いッてな気分なんですが、もういけねえ。舟が沈んだらお願ぇいたしやす。ウエ～ッ、吐きそうだア」

「伊之、俺だって水練で鍛えたが、片腕がねえんじゃ抜き手も切れねえ。頼りは弥吉だけだ」

後ろで櫓を操りながら弥吉が、二人の話に応えて云った。

「だから、あっしは餓鬼ン頃から深川育ち、水ン中なら河童《かっぱ》も同然、お二人共ご安心なすってって。大船に乗った気でいてってさっき云ったでやんしょ！」

弥吉の巧みな艪捌きで距離は縮まっている。しかし一人乗りと三人乗りの重量の違いが、思うようには近付けない歯痒さ——。

ヒュウ〜と烈風が耳を打ち、髪が乱れる。舳が天を衝き、次に波間に潜《もぐ》ると空中に投げ出されたように重力が無くなり、何とも気色が悪い。

小舟は木の葉のように揺れ、波に翻弄《ほんろう》された。

四半刻も漕ぐと前方にぼんやりと石川島《いしかわじま》の人足寄せ場の石灯籠が灯って見えて来た。大川河口の三角州を埋め立て、石川島、佃島《つくだじま》、幕府御用地の三島で成り立っている。

この石川島人足寄せ場には常時四、五百人の無宿人、咎人が更正を主な目的として住みついている。火盗改長官の長谷川平蔵《はせがわへいぞう》が老中松平定信に建言し、この収容施設が設置されたのだ。

玄次郎の猪牙は丈の長い葦《あし》の生い茂る御用地の土砂地に、舳《へさき》を乗り上げて停まった。舟端から悠然と降りて三、四間歩いた薄玄次郎は足場を固め、龍三郎を迎え討つ格好で向き直った。

龍三郎たちの乗る猪牙も舳を浅瀬にめり込ませて乗り上げて停まる。群生した葦が風に鳴り、揺れ動いている。

墨を流したような漆黒の空に赤みがかった満月が、星を掻き消して夜空を渡ってゆく。雲の流れが矢のように速い。

「伊之助、龕灯はずっと照らしておいてくれ。足元が覚束《おぼつか》ねぇ」

龍三郎はゆっくりと舟縁《べり》を跨《また》いで猪牙を降りた。水をたっぷり含んだ湿地で雪駄がめり込み足を取られそうだ。龍三郎は雪駄を脱ぎ捨てた。

間合い三間――。

龕灯の照射を浴びて薄玄次郎の細めた残忍そうな眼が光っている。薄は押し込み用の裁着袴《たつつけばかま》に足袋裸足、足拵えはしっかりと動き易そうだ。

龍三郎の、返り血を浴びても目立たぬように着た黒木綿の着流しの裾が、風に翻《ひるがえ》り、素足が覗いて見える。左袖もパタパタと音立ててはためいている。

薄玄次郎がゆっくりと大小二刀を抜き放ち、小刀を前に、大刀を頭上に斜めに構えた。その巨軀は、悠然として自信たっぷりに見える。

「おお、権兵衛以来に見た中条流八文字の構えか、懐かしいぜ」

云って龍三郎は、鯉口切った胴田貫を抜き、右手地摺り下段の構え――。

風が強い。唸《うな》りを生じて、葦を靡《なび》かせ吹き抜けて行く。

睨み合うこと数瞬――。

「ウオ〜ッ」

と風を切って獣の咆哮《ほうこう》の如き雄叫びが聞こえた。

薄玄次郎の突然の凄まじい攻撃が始まった。大刀小刀が目まぐるしく水車の如くに左右から斬り込んで来る。

(受けたら刀が折れる……)

後退するばかりだ。後へ後へ——龍三郎は水際まで追い詰められた。

踏み留まった右足が足首辺りまでめり込んだ。動きが取れない。

あわや——薄玄次郎が大刀を振り下ろした。

同時に！　胴田貫は下から斬り上げた。

龍三郎は身を投げ出すように左足で地を蹴っていた。

必殺の右逆袈裟斬り！　薄の斬り下ろす大刀を、胴田貫が斬り上げた。

「グワ〜ッ」

薄玄次郎が天を仰いでのけ反った。

伊之助の持つ龕灯に照らされて、煌めきながら大刀握った薄の右腕が宙空を飛んで二、三間先の水中に没した。

右上腕を斬り飛ばしたのだ。血飛沫が凄まじい勢いで噴き出している。

片膝を突いた薄玄次郎に、龍三郎がボソリと呟いた。

「今、しっかりと血止めすれば、命は取り留めるぜ。俺はそうした」

薄玄次郎が食い縛った歯の隙間から呻いて云った。

「俺は終わりだ。頼む。留《とど》めを、とどめをォ～、武士の情けだ」

「武士の情けだとォ？　俺は情け深い男だが、オメエにゃあ情けは掛けてやらねえ！　テメエの始末はテメエでつけろぃ。さもなきゃ、今までのテメエの悪行を悔いて、血を流しながらゆっくりと死にな。あばよ」

一年前に浅草寺境内で血塗れで横たわる龍三郎に向かって吐き捨てられた薄の台詞《せりふ》と同じ言葉を、そっくり薄玄次郎に云い捨ててゆっくりと背を向けて踵《きびす》を返した。

ううむ、と唸りながら、残った左手に握る脇差の柄尻で砂を掻き、這いずりながらまだ執念を見せて追って来る。

その化け物のような凄まじき生存本能――！

猪牙舟の縁を跨ぐと伊之助が感慨深げに云った。

「旦那ァ、終わりやしたねェ」

「うむ。疲れたよ、早くお藤の顔が見てえ……さ、帰ろうか」

猪牙舟に乗って腰を下ろしたその時、背後で微かな呻き声を聞いた。

伊之助がサァッと龕灯の光を振り向けた。

その光の輪の中に、右腕を斬り飛ばされ両膝を突き、左手に握った小刀で自ら頸筋を裂いた薄玄次郎の姿が、前のめりでガックリと頭を土砂に埋めた。

塩の匂いを含んだ川が烈風に煽られ、飛沫を跳ね上げ、髪を乱し、袖を千切れそうにはためかせる。

その荒れ狂う波の中を巧みに艪を操り漕ぐ弥吉が、前方を指差し、旦那ァ、と龍三郎を振り返った。

猪牙舟三、四艘がこちらへ向かって漕ぎ進んで来る。

先頭の猪牙の舳には、床机に座り両手で舟縁摑んで誇らしげな北町奉行榊原忠之の顔があった。その傍らに、びしょ濡れの轟大介の姿が――。

夜空には満月が冴え冴えと輝き、颪はまだ強く、ビュウビュウと鳴って雲の流れは矢のように速い。

白い波が泡立って飛沫を撥ね上げている。

猪牙舟の舳は持ち上がり波間に突っ込み、木の葉のように揺れていた。

龍三郎の往《ゆ》く手を暗示するが如く、猪牙舟は舳先を天に向け、奈落の底へ引き擦り込むように上下に翻弄《ほんろう》されている——。

龍三郎の脳裏を、ある感慨がよぎった——。

「仇はとった。一年越しの……」

剣士として、無くてはならぬ片腕を斬り落とされた無念さ……。今その仇を斬り捨てたものの、龍三郎に勝利感はなかった。

無いものねだりの泣き言は言うまい。これからも残された片腕で生き、闘ってゆかねばならぬ……天から授かった宿命と甘受していた。

龍三郎の顔に、不敵な笑みがこぼれた。

この先に横たわり待ち受けるものは、何なのか、誰も知らない。

あとがき

平成三十年六月二十日、私のデビュー作『斬り捨て御免　隠密同心結城龍三郎』が全国の書店に並びました。役者として半世紀以上、五十六年の歳月を芸能界で生きて来ましたが、小説を出版出来るとは露《つゆ》ほども思っておりませんでした。それが、アレヨアレヨと云《い》う間に、齢《よわい》七十七歳にして、新人時代小説作家としてデビューしたのです。

これまでの半生を綴《つづ》った自叙伝『役者ひとすじ』とは違って、全く新しいストーリーを創作しなければなりません。書き始めるまでは試行錯誤《しこうさくご》の毎日でした。どんなあらすじにしようとか、最後はどうしようとか……しかし元々、ネガティブに、思い悩むのは性に合いません。手探りで、パソコンのキーボードを打ち始めましたが、そこには緻密《ちみつ》なストーリー展開、伏線の張り方、起承転結、人物の造形など、小説を執筆するにあたっての基本的な手続きや、組み立て方など、ほんの一かけらの計画も持ち合わせませんでした。

一行目いきなり、主人公龍三郎が、「首筋にヒリッと殺気を感じ」てしまうのです。書き始めたらもう、あとは止めるに止められません、勝手に主人公が歩き、躍《おど》り、跳《は》ね、行動してしまうのです。他の登場人物も以下同文です。

既に今日まで、「斬り捨て御免シリーズ」は四作目を脱稿しました。書くスピードは速いのです。他の作家先生がどんな書き方をなさっておられるのか、私は知る由《よし》もありません。

ただボクは、誰にも邪魔されない静かな暗い書斎で、頭を抱えて呻吟《しんぎん》するような経験はしたことがありません。

いつだったか、阿川佐和子《あがわさわこ》さんがテレビのインタビューに答えて、「ウチの父（阿川弘之《ひろゆき》さん）は、家族の誰か一人でも家内を歩くと「煩《うるさ》いッ！　誰も歩くな！　音を立てるなッ！」とそれはそれは毎日、家族皆んなが神経を摩《す》り減らす生活を強《し》いられたとか話されているのを聞きました。

ボクには全くそんなところは無い。二階のリビングルームの片隅に置いたデスクの上のパソコンのキーボードを叩いての執筆活動なのだが、いつもテレビの音量は高く、お喋《しゃべ》りの女房が傍《そば》から「ねえ、ケンさん（※女房はボクの事をこう呼ぶ）今日は何を食べる？　お肉？　魚？　天ぷら？　カレーライス？　……ねえ、何にするの？」と煩いのだ。またある時は、「あら、M男とW子が結婚だって！　……ワァァ、離婚するんだって！　何でだろう、あの二人仲良さそうだったのにねえ、仮面夫婦だったのかしら？　ねえ、どう思う？」とか……、書き乍《なが》らボクの耳は馬耳東風《ばじとうふう》、右から入って左へ抜けてしまう。でも決して、「煩い、黙れ」とは一度も口にしたことはない。さも初めて聞くように、聴くのだ。「へぇ～、それから？　ふ～ん、大変だねぇ。それで？」とね。

愛犬のクッキー（トイプードル）が散歩に連れてってと膝《ひざ》に飛び付いて来る。テレビもつけっ放しなので、メジャーリーグの野球中継で「えっ、大谷《おおたに》がホームラン打った？　翔平《しょうへい》ちゃん、ヤッタね！」とか、大相撲《おおずもう》中継で「オッ、栃ノ《とちの》心《しん》、勝ったァ？　イイじゃんイイじゃん！」と気を散らし捲《まく》って書くのだ。

一心不乱《いっしんふらん》脇目も振らず、なんていうのは性に合わないのだ。

役者でもそうだ。そりゃあ、映画やテレビドラマの撮影で、監督の「ハイ、本番ッ！」となったその時は、一気にテンションを上げ、のめり込んでその役柄を演じるが、後はぐうたらしてだらしがない。一日中神経を張り詰めていたら、身体が持たない。この五十年を超えるキャリアの中で漸《ようや》く、仕事での緩急《かんきゅう》を摑《つか》み、会得《えとく》したのだ。

だから、水割りグラスを脇に置いて、チビチビ舐《な》め乍ら、書くなんてことも、珍しくはない。真剣に、誠実に、原稿用紙に向かい合う先生方には、申し訳ない、不埒《ふらち》な作家と映るかも知れない。けどこれがボクの執筆スタイルなのだから、今更直そうとは思わない。

お陰様で出版以来、一か月で重版、増刷が決まり、まだ一作目発売から四か月しか経《た》っていないのに第二作目が発刊されるという……嬉しい限りだ。

周囲から、色々な評判が耳に入ってくる。曰《いわ》く「一気に読んだ、途中で止められなかった」「面白いので、一言一句、嚙《か》み締めながら、じっくりと読んでいる」「もう二度読み、三度読みだ」とか……。

矢張り時代小説作家として拘《こだわ》ったのは、史実を違《たが》えていけない。時刻、貨幣価値、江戸古地図の距離感、季節感に間違いのないように……。それよりも何よりも、物語の展開の速さ、殺陣場面の凄まじさ、衝撃のラストシーン……など、頭を絞った。それと、生き生きとした登場人物たちの台詞《せりふ》の遣《や》り取り、龍三郎の武士としての格調ある喋り方、掏摸《すり》上がりの情報屋伊之助や同心仲間と交《か》わすべらんめえ口調のメリハリ、女房お藤や湯女《ゆな》おセイとの会話など、役者なればこそ書いた後、その人物の台詞を喋ってみてリアルさを追求した。

台詞こそ人物の性格、色が、最も出し易い要素だから……。

そして、龍三郎の立ち廻り！　女性読者からは、「読んでいて怖い、気持ち悪くなってしまう」など忌憚《きたん》のない批評もお聞きしましたが、まさにこれこそが作者として描きたかった信条なのだから妥協するつもりはない。日本刀の切れ味、愛刀胴田貫の凄さを描写したいのだから、首が飛び、胴が一刀両断され、頭蓋《ずがい》から真向唐竹割《まつこうからたけわり》せねばならないのだ。書き乍らボールペンを剣代わりに握って瞑目《めいもく》し、頭の中で、龍三郎に成り切って立ち廻りを演ずる。

映画・テレビ・舞台でも最後は主人公がバッタバッタと悪人どもを斬り捨てる！　……これが定番であり、観客、読者のカタルシス、フラストレーションを解き放つ重要な醍醐味《だいごみ》だと信じるから！

それまで、悪人どもが、これでもかと、善人を苛《いじ》め、殺し、悪行を重ねて来たのを、胸のすく太刀裁きで斬り捨てる！

萬屋錦之介《よろずやきんのすけ》さんの「破《やぶ》れ傘刀舟　悪人狩り」「子連れ狼《おおかみ》」然《しか》り、里見浩太朗《さとみこうたろう》さんの「長七郎天下ご免！」《ちょうしちろう》然り、高橋英樹《たかはしひでき》さんの「桃太郎侍《ももたろうざむらい》」然り、松平健《まつだいらけん》さんの「暴れん坊将軍」然りだ。ラストで悪人全員を成敗するから溜飲《りゅういん》を下げ、「ああ、良かったッ」と胸撫で下ろすのだ。

我々役者の世界では、「今日の予定はラス立ち」というスケジュールが入ると、二、三十人の剣友会、主役は張り切らざるを得ない。ラストシーンの立ち廻りを「ラス立ち」という。此処《ここ》こそが見せ場と知っているから、張り切らざるを得ないのだ。ボクも何度、このラス立ちで刀を振るった事か！

これからも、この「斬り捨て御免」シリーズでの龍三郎は片腕の剣士として、正義を貫《つらぬ》くために、悪人バラを斬り捨て続けることでしょう。

どうぞ、読者の皆様、今後龍三郎がどんな危機に遭《あ》い、どう乗り越え、どう斬り捨てて行くか、胸躍らせてご期待ください。私もその期待を背負って、水割り呑み乍ら、夢中でキーボードを叩き続ける所存です。

平成三十年八月秋

工藤堅太郎

解説——意外な書き手が紡《つむ》ぐ想定外の時代活劇

小梛治宣《おなぎはるのぶ》（日本大学教授・文芸評論家）

小説を読んでいると登場人物との距離感というものをいつも考えてしまう。それがやけに大きい作品は、遠くから芝居を見ているような感じで、なかなか物語の世界に入っていくことができない。一方、距離感をほとんど感じない作品では、知らぬ間にその世界に浸《ひた》り込んでいたりする。極端な場合には、本を読んでいるという感覚さえ失われていく。

とはいっても、寝食《しんしょく》を忘れさせてくれるほど読者を小説の世界に強く引き込んでくれる作品には、滅多《めった》に出会えるものではない。ミステリーならば、トリックの妙味だけで引き込まれる読者もいようが、時代小説となると、ストーリィはさておいても、まずは登場人物に魅力がなくては、読者を忘我《ぼうが》の境地に導くことはできまい。

だが、数多くの時代小説が文庫書き下ろしという形で送り出されてきている今、オリジナリティのあるキャラクターを生み出すのは、至難である。そうした状況のなか、意外な書き手による想定外の作品が世に出た。工藤堅太郎の『斬《き》り捨《す》て御免《ごめん》』である。「意外な」というのは、作者が映画やテレビで大活躍していた大ベテランの俳優で、小説を書いている姿が全く想像できなかったからだ。そうであるから、大変失礼なことだが、その作品の中味にもあまり大きな期待はしていなかった。正直に言えば、〈役者が初めて書いた時代小説〉という稀少性に価値を置いたものと思っていた部分が多い。

だがその予測はみごとに裏切られた。まさに「想定外」の面白さが全編を貫《つらぬ》いていた。とくに、主人公たる結城龍三郎《ゆうきりゅうざぶろう》の存在感が圧倒的で、読み進むうちに距離感が消え去っていくのだ。それは、龍三郎に対してばかりではない。龍三郎と関係をもつ登場人物たちも、次々とリアリティをもって本の頁《ページ》から立ち上がってくるのである。

なぜなのか。一つには、思い切りのよさであろう。龍三郎が振《ふる》う剣には、躊躇《ためら》いが全く感じられない。ひと思いに〈龍飛剣《りゅうひけん》〉で斬り捨てる。まさしく、〈斬り捨てる〉という形容がぴったりの剣捌《さば》きなのである。それは、〈人斬り弥介《やすけ》シリーズ〉で一世を風靡《ふうび》した峰隆一郎《みねりゅういちろう》描くところの剣戟《けんげき》シーンを髣髴《ほうふつ》させるが、工藤堅太郎の筆では、そこに刀の重さによるスピード感がさらに加えられている——ように私には思われるのである。

だが、この「思い切りのよさ」は龍三郎の剣ばかりでなく、全編から窺《うかが》うことができる。シリーズ一巻目の『斬り捨て御免』を例にとってみる。まずは、龍三郎の上司である北町《きたまち》奉行《ぶぎょう》の榊原忠之《さかきばらただゆき》だ。龍三郎に全幅《ぜんぷく》の信頼を置き、「斬り捨て御免」の認可状を与え、すべての責任はわしが取るので「頼んだぞ」という、その思い切りのよさ。この理解ある理想的な上司あってこそ、龍三郎も思い切りよく剣を振うことができるのである。ちなみに、榊原忠之は実在の人物で、明和《めいわ》三年（一七六六）の生まれで、十一代将軍家斉《いえなり》の亡くなった天保《てんぽう》八年（一八三七）に七十二歳で没している。書院番《しょいんばん》榊原忠尭《ただたか》の養子となり、徒頭《かちがしら》、勘定《かんじょう》奉行などを経験したのち、第二十五代の北町奉行となった。「遠山《とおやま》の金《きん》さん」こと遠山金《きん》四郎《しろう》（景元《かげもと》）が同じ北町奉行に就任するのは、忠之の死から三年後の天保十一年（一八〇四）のことである。

そして次には、龍三郎と、その恋女房となるお藤《ふじ》との関係だ。龍三郎は榊原忠之の娘妙《たえ》からも慕《した》われていた。父である奉行も娘の気持ちを察しており、龍三郎が婿《むこ》になることに異存はなさそうだ。

一方、元辰巳《たつみ》芸者で、料理屋「藤よし」の女将《おかみ》となったお藤とは、あることが切っ掛けとなって二年前から男女の仲が続いている。並のシリーズものであれば、こうした三角関係で読者を焦《じ》らし、シリーズそのものを継続するための牽引《けんいん》役の一つとするに違いない。ところが、龍三郎はこの羨《うらや》むべき関係に思い切りよくさっさとけじめをつけ、読者の期待をいい意味で裏切ってしまった。ここでも読者との距離がぐっと縮まったはずである。

そして、作者の筆捌きの思い切りのよさの極《きわ》めつきは、前巻の終幕に近い部分であろう。事件も片付き、龍三郎は、お藤と子分の伊之助《いのすけ》の三人で久しぶりに浅《あさ》草広小路《くさひろこうじ》を歩いていた。そこで突如《とつじょ》、龍三郎の身にとんでもないことが起こる。引用してみる。

〈龍三郎が懐手《ふところで》を解《と》いて左側でお藤を捕まえている無頼漢《ぶらいかん》の肩を摑《つか》み、

「何をするッ」

と引き戻そうとした途端《とたん》――。

龍三郎は伸ばした腕に鋭い痛みを覚えた。鮮血が噴出した。

見れば、左袂《たもと》が切り裂かれて垂れ下がり、肘から先が斬り飛ばされている。

真っ白の紗《しゃ》の着流しに血が迸《ほとばし》り、真っ赤に濡らしていく。

袂と共に左腕を失ったのだ。〉

なんと、それまで思い切りよく悪者を斬り捨てていた龍三郎自身が、今度はちょっとした油断から自らの左腕を思い切りよく斬り落とされてしまったのである。さすがに、こうした展開は読者も予測していなかったに違いない。もちろん私も同様である。その結果、シリーズ二巻目の本書では、隻腕《かたうで》の剣士として、龍三郎が登場してくることになる。

隻腕の剣士といえば、まず思い浮かぶのが、愛刀〈濡《ぬ》れ燕《つばめ》〉を引っ下げて登場する丹下左膳《たんげさぜん》だろう。三つの顔をもつ作家（林不忘《はやしふぼう》・牧逸馬《まきいつま》・谷譲次《たにじょうじ》）が生み落とした時代小説史上屈指《くっし》の怪剣士である。そしてもう一人、五味康祐《ごみこうすけ》の『薄桜《はくおう》記《き》』の主人公、丹下典膳《てんぜん》がいる。市川雷蔵《いちかわらいぞう》主演で映画化（大映京都作品）されてもいるので、年輩《ねんぱい》の読者ならば、ご存知《ぞんじ》の方も少なくないのではなかろうか。忠《ちゅう》臣蔵外伝《しんぐらがいでん》といえるもので、吉良《きら》方の有力な付け人になっている丹下典膳を討入りの前に斃《たお》すべく、浅野《あさの》浪士らが策を練っていく。そして、討入り前日の雪の夜、谷中《やなか》の七面社境内《しちめんしやけいだい》で典膳は、かつての剣友であった中山《なかやま》（堀部《ほりべ》）安兵衛《やすべえ》と決闘することになる。映画では、勝新太郎《かつしんたろう》が安兵衛を演じたのだが、その清冽《せいれつ》なラストシーンは、時代劇映画史上でも屈指の名場面だと私は思っている。

そして、実在した隻腕の剣士といえば、池波正太郎《いけなみしょうたろう》が「眉目秀麗《びもくしゅうれい》な男」と評した（『幕末遊撃隊《ばくまつゆうげきたい》』）伊庭八郎《いばはちろう》がいる。位《くらい》は桃井《ももい》（鏡新明智流《きょうしんめいちりゅう》）、技は千葉《ちば》（北《ほく》辰一刀流《しんいっとうりゅう》）、力《ちから》は斎藤《さいとう》（神道無念流《しんどうむねんりゅう》）と称された江戸三大道場と並び、伊庭は別格といわれた心形刀流《しんぎょうとうりゅう》八代目伊庭軍兵衛秀業《ぐんべえひでなり》の長男として生まれた八郎は、不《ふ》世出《せいしゅつ》の天才剣士であったという。榎本武揚《えのもとたけあき》の旧幕府軍に参加し、五稜郭《ごりょうかく》で二十六年の生涯《しょうがい》を閉じることになる。その一途《いちず》で、思い切りのよい生き様は、結城龍三郎とどこか相通ずるものがある。と、実在の人物と比肩《ひけん》させてしまうほどに龍三郎にはリアリティがあるということかもしれない。

　こうした隻腕の剣士たちのなかに、結城龍三郎という新たなキャラクターが加わったことになるのだが、「斬る」という点だけでみても、その存在感は圧倒的である。それは、隻腕で斬る上での作者の細かな配慮があってこそともいえた。龍三郎の愛刀、胴田貫《どうたぬき》〈肥後一文字《ひごいちもんじ》〉にそれは表われている。両手で柄《つか》を握ることはもはや出来ぬので、柄も刀身も、研《と》ぎ師に頼んでそれぞれ三寸（九センチ）ずつ短くして、〈右手一本で刀を振らねばならぬので、目釘《めくぎ》を二ヶ所鉄釘で止め、柄を頑丈《がんじょう》にし〉てある。さらに、〈左手を添えて鞘《さや》の鯉口《こいぐち》は切れないので、帯刀の時からいつも、刀身が鞘から抜け落ちないようにするための鎺《はばき》を五分（約一・五センチ）ほど抜いてある〉という具合である。これで、龍三郎は、隻腕でも実戦に思い切りよく臨むことができる。読者も、本当に斬れるのだと納得できるのである。

　さて、本書では、江戸の夜に出没する恐るべき辻斬りと、前巻で斬り捨てにした盗賊団の生き残りが、龍三郎の斬り捨て御免の相手となる。その中には、盗賊団の首領だった鴉権兵衛《からすごんべえ》の弟で、龍三郎の左腕を斬り落とした薄玄次郎《うすきげんじろう》がいる。前巻にも増して冴えわたる龍三郎の斬り捨てぶりを堪能《たんのう》していただきたい。

　前巻では、初の時代小説ということもあってか、作者の筆に力の入りすぎるところも見受けられたが、二冊目の本書では柔剛相俟《じゆうごうあいま》った筆づかいによって、元掏模《すり》の韋駄天《いだてん》の伊之助や岡っ引きの弥吉《やきち》ら、子分たちとの遣り取りも軽快で、読み心地のよい世界が拡がっている。第三巻以降、斬り捨てて当然と思える、否《いな》、是非とも龍三郎に斬り捨てて欲しいと思わせる、いかなる憎《にく》むべき悪党を登場させてくれるのか。これからが、時代小説家工藤堅太郎の正念場といえそうだ。次回作を大いに期待したい。

正義一剣

一〇〇字書評

切り取り線

購買動機（新聞、雑誌名を記入するか、あるいは○をつけてください）

□（　　　　　　　　　　　　）の広告を見て
□（　　　　　　　　　　　　）の書評を見て
□ 知人のすすめで　　□ タイトルに惹かれて
□ カバーが良かったから　　□ 内容が面白そうだから
□ 好きな作家だから　　□ 好きな分野の本だから

・最近、最も感銘を受けた作品名をお書き下さい

・あなたのお好きな作家名をお書き下さい

・その他、ご要望がありましたらお書き下さい

住所	〒				
氏名		職業		年齢	
Eメール	※携帯には配信できません		新刊情報等のメール配信を 希望する・しない		

この本の感想を、編集部までお寄せいただけたらありがたく存じます。今後の企画の参考にさせていただきます。Eメールでも結構です。

いただいた「一〇〇字書評」は、新聞・雑誌等に紹介させていただくことがあります。その場合はお礼として特製図書カードを差し上げます。

前ページの原稿用紙に書評をお書きの上、切り取り、左記までお送り下さい。宛先の住所は不要です。

なお、ご記入いただいたお名前、ご住所等は、書評紹介の事前了解、謝礼のお届けのためだけに利用し、そのほかの目的のために利用することはありません。

〒一〇一－八七〇一
祥伝社文庫編集長　坂口芳和
電話　〇三（三二六五）二〇八〇

祥伝社ホームページの「ブックレビュー」からも、書き込めます。
http://www.shodensha.co.jp/bookreview/

祥伝社文庫

正義《せいぎ》一剣《いつけん》　斬《き》り捨《す》て御免《ごめん》②

平成30年10月20日　初版第1刷発行

著　者　工藤堅《くどうけん》太郎《たろう》
発行者　辻　浩明
発行所　祥伝社《しょうでんしゃ》
東京都千代田区神田神保町3-3
〒101-8701
電話　03（3265）2081（販売部）
電話　03（3265）2080（編集部）
電話　03（3265）3622（業務部）
http://www.shodensha.co.jp/

印刷所　堀内印刷
製本所　ナショナル製本
カバーフォーマットデザイン　中原達治

Printed in Japan ©2018, Kentaro Kudo　ISBN978-4-396-34470-2 C0193

祥伝社文庫の好評既刊

工藤堅太郎
斬り捨て御免
隠密同心・結城龍三郎

剛剣を操る結城《ゆうき》龍三郎《りゅうざぶろう》が、凶悪な押込みと阿片《アヘン》密売の闇に迫る。闊達《かったつ》な台詞《せりふ》回しと迫力の剣戟《けんげき》が魅力の時代活劇！

今村翔吾
火喰鳥《ひくいどり》
羽州《うしゅう》ぼろ鳶《とび》組

かつて江戸随一と呼ばれた武家火消・源吾《げんご》。クセ者揃いの火消集団を率いて、昔の輝きを取り戻せるのか⁉

今村翔吾
夜哭烏《よなきがらす》
羽州ぼろ鳶《とび》組②

「これが娘の望む父の姿だ」火消としての矜持を全うしようとする姿に、きっと涙する。最も〝熱い〟時代小説！

今村翔吾
九紋龍《くもんりゅう》
羽州ぼろ鳶《とび》組③

最強の町火消とぼろ鳶組が激突⁉ 残虐な火付け盗賊を前に、火消は一丸となれるのか。興奮必至の第三弾！

今村翔吾
鬼煙管《おにきせる》
羽州ぼろ鳶《とび》組④

京都を未曾有の大混乱に陥れる火付犯の真の狙いと、それに立ち向かう男たちの熱き姿！

今村翔吾
菩薩花《ぼさつばな》
羽州ぼろ鳶《とび》組⑤

「大物喰いだ」諦めない火消たちの悪あがきが、不審な付け火と人攫いの真相を炙り出す。